U0907482

在尘世的烦恼里开怀

马国福／著

江苏凤凰文艺出版社
JIANGSU PHOENIX LITERATURE AND ART PUBLISHING, LTD

图书在版编目（CIP）数据

在尘世的烦恼里开怀 / 马国福著 . — 南京 : 江苏凤凰文艺出版社 , 2019.11
ISBN 978-7-5594-2018-3

Ⅰ . ①在… Ⅱ . ①马… Ⅲ . ①随笔 - 作品集 - 中国 - 当代 Ⅳ . ① I267.1

中国版本图书馆 CIP 数据核字 (2019) 第 215149 号

在尘世的烦恼里开怀

马国福　著

责任编辑	白　涵　刘洲原
责任印制	刘　巍
出版发行	江苏凤凰文艺出版社
	南京市中央路 165 号，邮编：210009
网　　址	http://www.jswenyi.com
印　　刷	三河市金泰源印务有限公司
开　　本	690mm × 980mm 1/16
印　　张	15
字　　数	171 千字
版　　次	2019 年 11 月第 1 版　2019 年 11 月第 1 次印刷
书　　号	ISBN 978 - 7 - 5594 - 2018 - 3
定　　价	36.80 元

目录

第一辑　万物皆有灵

春天是一个大熔炉，
植物们就是最好的工匠、手艺人，
它们以自己独特的生存本领和手艺
冶炼春天的色彩、芬芳和美好，
并各自构建起自己的王国。

CONTENTS

第二辑　草木岁月

花开花落是植物不可避免的宿命，
但凋谢这种生命的仪式是深刻的，
这种上升到美学的仪式教会我们
珍惜、感恩、敬重大地上美好的事物，
做一个精神明亮的人。

目录

第三辑　烟火故乡

村庄是一艘从我们生命源头
驶出的大船，历尽岁月的风尘，
它总会载着我们回到源头，
膜拜自己的土地。
这是一生一次的出行，
我们可以一无所获回到老地方，
但只要有爱，
我们就有了一切。
回到故乡，
我们路上曾经的风光荣耀只是烟尘。

CONTENTS

第四辑　余生漫漫长长

在时间面前，
一切风光都是一晌云烟，
谁也不是时间的对手，
所有的风光都是时间的败兵。

目录

第五辑　镌刻在记忆中的人与事

走过路过，
珍惜那路上一双双流淌纯真、
盛纳清风蓝天白云的眼睛吧，
那眉宇间舒展着尘世间最干净的笑容，
那稚嫩的喉咙里传递着
天籁般美妙的音符，
那无邪的眼神里写满了
最单纯的洁净之爱。

CONTENTS

第六辑　从容入世，清淡出尘

清淡上路，
心中的烟尘少了，
没有过多的心机，
胸怀因此变大了，
一切因为放不下、
得不到的物什引起的重负变轻了，
步履因此轻松，
心胸因此豁朗。

目录

第七辑　城乡的更迭与变迁

式微式微，胡不归；
城市越来越近，故乡渐行渐远。
式微式微，胡不归；
田园越来越稀，口袋越来越鼓。
时代裹挟着我们前行，
谁也不好判断消逝的田园
与富裕起来的故乡，
在古老秩序与现代梦想的交替中
究竟谁强谁弱，
谁对谁错。

第一辑

万物皆有灵

春天是一个大熔炉，植物们就是最好的工匠、手艺人，

它们以自己独特的生存本领和手艺冶炼春天的色彩、芬芳和美好，

并各自构建起自己的王国。

和植物们一起冶春

四月，谁的排场也没有油菜花大，它用一寸一寸的黄皮肤镇住了田野，好像万千起义军，手握金矛扩展势力范围，打败冬天的冰雪，在四月坐稳它的江山。春天里最讲排场、最讲义气、最具有凝聚力和团结精神的植物莫过于油菜花。它们也是最有自信的植物，大片大片的黄，汪洋一片比仪仗队更有气势、任性而又蛮横，活脱脱一副我行我素志在必得的自信模样。

再也没有比油菜花田更深的宫殿了，蜜蜂是出色的手艺人，它们一点一点钻进这个宫殿提取油菜花的积蓄。这个时节蜜蜂日理万机，它们似乎一刻都不得闲，忙着访问、勘探、发现、提炼油菜花这座宫殿里储藏的宝藏。五一劳动节到了，我要推荐蜜蜂参评自然界国家级劳动模范，估计没有人会提反对意见。

油菜花有点像暴发户，没心没肺地开，好像几天之内不把它那点有限的积蓄花掉绝不甘心。油菜花身上奢靡之风很严重，春风纵容着它，春雨滋润着它，它一点都不知道应该把花开得节俭一些，细水长流，美德恒久。花田是春天的私家酒窖，那种源自泥土的自然芬芳就是它的酒香，伫立在酒池边上，不醉也难。

清晨散步时，我像一个标点符号，穿行在油菜花田的路上，两侧油菜花在晨风中纷纷掉落，花瓣细密，铺落在地上，如修改诗歌时删除的文字。这些花以浓烈的花香问候我，一点也不吝啬，它们的大气如同我的几位好兄长。田野就是我们共同的诗歌和经典。

毛杏乳臭未干，绒毛如初生婴儿的皮肤一般圣洁。少年的江湖梦还在风中，到了夏天它们就进入青春期了，哪个少年不怀春？青杏就是初恋的滋味。豌豆们坐在春天的教室里爬在篱笆的课桌上念着“好好学习，天天向上”，个个一副要争上游做学霸的样子。有的豌豆开了粉色的红色的花，好像幼儿园的老师给它们奖励了一朵朵小红花，脸上一派由衷的喜悦与自豪。杏花素白略带粉彩，仿佛打开一封信，摊在阳光下，给你念着发黄的记忆和懵懂季节里对万事万物萌生的好感。

婆婆的眼睛清澈如水，让人想起外婆，就像她呼唤着我们，重温小时候的乳名，而今再也没有人提起。我们的乳名早已丢失在风中，而这些乡野气息的植物替我们保存在它们的词典里。梨花与明月共白头，梨花有仙气，似乎不食人间烟火，它的手帕只肯给阳光月光清风用。不知为什么看到梨花我脑海里就莫名地跳出“白素贞”这个名字。我去海安大公正在举行的梨花节看梨花，那里近七百亩梨花盛大开放。放眼望去，一片梨花的海洋，它们出尽了风头。走进梨园，一个老人坐在轮椅上，停在梨园空白地带机耕路上。他满头银发，一脸恬静之气，静静地看着梨花。他的女儿女婿走进梨花深处自拍合影。老人头顶的梨花和他的银发如此美妙地融合，天地无言，我被这份美所撼动，偷偷地给他拍了几张照片。梨花成精了就如老人白发般进入一种恬静、旷达、悠远、静逸之境了吧?

四月的海安县麦秆青青，锋芒初露的麦子握紧它的宝剑，一腔热血奔走江湖，江湖很远，江湖很近。麦子让人亲切，不由得想起农家孩子想翻身改变命运的那个遥远梦想。

桑田里桑树毕恭毕敬，遵循二十四节气的道德律令，被修剪得齐齐整整，保持同一个固定的姿势，横是横，竖是竖，撇是撇，捺是捺，一笔也不潦草，稳如书法字帖里的大楷，清爽、隽秀。一行一行工整的桑树如诗句，它们是田野送给我们的礼物。桑田边上被拆迁过的房屋废墟上，孤零零挺着一棵银杏树，树梢挂满了去年的丝瓜枯藤，藤上吊着十几个早已干瘪的褐色丝瓜，干枯如标本，如生锈的风铃，在四月的春风里摇曳，唱着挽歌，仿佛在给远逝的冰雪和家园搭起灵棚。

这个季节蒲公英散落在各个不起眼的角落，落在最低处，悄悄地开花，风尘再多，也掩埋不了它的笑脸，关于成熟后秋天的远行，关于远赴天涯的凋零，都是一份铿锵的发声。

房舍四周的一垄垄葱笔挺向上，仿佛在练健美操，头顶结实饱满的籽如收纳袋，只肯为心上人打开。

春天是一个大熔炉，植物们就是最好的工匠、手艺人，它们以自己独特的生存本领和手艺冶炼春天的色彩、芬芳和美好，并各自构建起自己的王国。和植物们一起冶炼春天的春，不同的肤色，不同的味道，让花香在风中奔腾。如果我们在油菜花田，在梨花树下喝酒，然后醉卧花下，我们世俗的心如“竹林七贤”般被这美好的景色过滤，让梨花净化我们复杂的心灵，我们会不会拥有梨花般的美德?

麻雀在油菜花田、桑田、蚕豆田、青豆花田间飞来飞去，这个季节，它们肯定不是在搬弄是非，而是在布道，春季是一个勤勉的季节，偷懒就是一种罪恶。蝴蝶自由飞舞，互相追逐着嬉戏，让我不由得想起一个词牌名：点绛唇。它们和蜜蜂一样见多识广，阅览过亿万朵花，弱水三千只取一瓢饮，只在心仪的花朵上停留，倾吐心声，彼此爱慕提携。喜鹊和麻雀一样，是村庄里最恋旧的生灵。四月的白杨树刚吐出绿叶，外形圆圆的鹊巢高高在上，在绿树稍掩映中格外醒目独特，像一个村庄的专用邮戳，定格在蓝天下碧叶中。让你大老远就确定了村庄的方位，你不用担心你会因此在红尘中迷失回家的路。

这个季节我们应该早早起床，捧起《诗经》在花田旁大声朗读出来。“桃之夭夭，灼灼其华”“采薇采薇，薇亦柔止”“山有嘉卉，侯栗侯梅”“四月秀葽，五月鸣蜩”“我行其野，芃芃其麦”“凯风自南，吹彼棘心”。风送来花香，阳光正在茁壮成长，我们在《诗经》里穿越几千年的时光，感受那份古老的喜怒哀乐和酸甜苦辣，让一颗在世俗里浸淫太久的心有一份理想的色彩。

春天是令人伤感惆怅的季节，你再不去看看，那些花儿就凋谢了。我们不应该像林黛玉一样作诗《葬花吟》，拿着洁净的袋子去葬花。我们更应该像庄子一样达观，任己逍遥游，没有任何束缚、自由自在地活，与天地精神独往来。我们也应该像范仲淹一样“不以物喜，不以己悲”。花开花落是植物不可避免的宿命，但凋谢这种生命的仪式是深刻的，这种上升到美学的仪式教会我们珍惜、感恩、敬重大地上美好的事物，做一个精神明亮的人。

访　雪

我确信人间有童话世界的存在。童话如雪：恬静、祥和、纯净。让我们对美和诗保持信心。

2月12日，正月初七。下午五点多，高原的天还很亮很蓝。太阳如一个不开窍的慢性子，固执而又缓慢地在西边的天空漫步，晚霞和云彩仿佛被太阳同化，看上去很乐意为夕阳的懒散推波助澜。此时此刻，同一个世界，不同的时区，同一方蓝天，不同的状态。南方的天即将进入黑夜预设的程序，精明而又准确地沿着时间的轨迹坠入黑夜天堂。

看时间尚早，姐姐提议说，我带你们到北山沟里仓家峡国家森林公园去看积雪和冰河吧。姐姐的提议立即得到我们的赞同，于是姊妹五个就开车前往离县城20公里的森林公园。

当车行驶至远离县城20公里的时候，路两边连绵起伏的高山的山际线龙脊一般沿着一条河奔跃着，磅礴而又沉闷。天连着山顶，云彩在山腰上飘着，苍穹沉默，河两边落光树叶的白杨树如密密麻麻的碑帖，确切说是像稳重厚实的魏碑。手机已经没有信号了。我们对着窗外的树林、山阴处终年不化的积雪、褶皱的山脊拍照。突然，我有一种感觉，山脉如刀，切断了我们与外界的一切关联，没有了手机信号，外界的任何信息已经无法干扰这份山中行进的宁静。我们似乎成为世界的孤儿，被现代文明所抛弃，进入一种亘古的没有机器，没有工业、商业、消费的纪元。我想，这就是童话世界的样子吧。越往山沟走，人烟越稀少。山上栽满了松树，整整齐齐，如布阵的士兵，静穆中屏住呼吸，目不转睛，等待将军的指示和命令。谁都可以成为他们的将领，比如风，比如雨，比如雪，比如头顶的云彩和日月。

松林中的雪，一块一块，连成一片，有的已经化了，露出一片黑窟窿，黑窟窿其实就是零落的树叶、松针、枯枝、荒草，阴坡上的雪白一片、黑一片，不均匀地分布着。有的山石层石缝里流出来的水被冻住了，如冰瀑一般，在山坡凸起，顺坡而下，上面臃肿丰腴，下面的冰柱由粗变细，不由得让人想起冰天雪地里俄罗斯老妇人那臃肿的模样，一看冰雪属于富裕的行业，没心没肺地胖，简直富得冒油，却又不能动它一块。接近山脚下河流的冰柱，略有弯曲，如患有类风湿关节炎患者不能舒展的手。晶莹剔透的冰凌不就是大自然清供在山川之间的一只只安神的佛手吗？

这样安详慈悲的雪，这样冰清玉洁的冰，直接可以捧起来，吮吸，当冰激凌一样，慢慢在我们舌尖一点一点融化，这是舌尖上的童话。没有尘嚣，更没有工商业的污染，雪成就着童话世界的底色，纯净、纯真、一尘不染、冰清玉洁，这些色彩不就是善的本质吗？

山谷里鲜有汽车和现代交通工具，河两边零星散布着藏族人家的庄廓，一律是红砖红瓦，四四方方，如国画中的红色印玺。有的屋顶和大门口挂着印有经文的经幡在风中徐徐飘着，家家户户的房前屋后用铁丝网围着，把河谷和山分割成面积大小不一的草场。

草场里活动着几十头牦牛，有的是黑色，有的是白色，如散布在围棋盘上的棋子。车缓缓前行的时候，有牦牛直接穿行公路，我放慢速度，龟速缓行，也没有鸣喇叭。这些生灵长期在大自然中，身上自有神性，我们的车不能贸然惊扰它们体内的神。它们慢悠悠不紧张也不害怕地过公路，走到中间，还慢悠悠停下来，眼神清澈如雪，好奇地望着汽车，仿佛在给我们一个善意的警告：要慢，要慢，慢是美好，慢是福。仔细看上去，牛的蹄子上还沾着泥水雪痕和几根杂乱的枯草。有的牦牛静静地如弥勒佛一般卧着，反刍着，断断续续咀嚼的样子像小学生背诵古诗词课文一样不流畅。有的牦牛站立着，打量我们这些闯入者和汽车这种怪异的陌生世界的庞然大物，它们伫立在公路中间如一部黑色封面的哲学书籍。有的牦牛互相追逐着，和教室里课间休息时间最调皮的学生没有什么两样。有的牦牛依偎在一起彼此舔舐着挠痒痒，它们如果不是母子那就是知己、闺蜜。牦牛走过的雪地里留下深浅不一的杂乱脚印，真像在宣纸上画国画的艺人留下的印章。白雪是宣纸，这些牦牛就是山水画大师了，它们恰当地处理着国画中的布局、笔墨的浓淡、线条的粗细变化，率性而为，把留白、题跋、落款和画面的处理得那么自然和谐。

这些零落人间的雪，与大山、峡谷、河流、松林、牲畜同呼吸共命运唇齿相依的雪，是我们的山河故人，是我们的美学导师，是滋养我们精神原野的童话。如果一个人，面对一场大雪，面对山川河流峡谷，没有一种亲近崇敬之感，那么他不配拥有童话，不配和这个世界的美并肩而行。

我们来与不来，那雪那山那水那树那牛都在那里，它们才是真正的知音，安分守己，守着生命里的寒暑轮回，守着无人惊扰的月光清辉，守着双眸里最干净的雪，守着四季繁花的枯荣侘寂。在这个时代，“守”是多么稀缺而又可贵的生命态度啊。我们被挟裹着滚滚向前，彼此竞争着，对比着，计较着，我们守的不就是一丁点世俗的功利吗？当初的诗意、诗心早已在滚滚红尘中融化，灰飞烟灭。我们的精神失守，道德失守，敬畏失守，对生命和自然本应抱有的美好态度失守。

炊烟是属于这个童话世界的。不久，山脚下藏民的庄廓烟囱里冒出一丛丛炊烟扑入眼帘，如藤蔓，悠然、入定，仿佛和我们友好地挥挥手，打个招呼，慢慢消失在风里。一抹青黛炊烟在雪山下面如隐士一般挥洒着轻逸线条，随风而动，随风赋形，不争不抢，不疾不徐，进入禅修时刻。如果贾岛在此，他是否会重新修改《寻隐者不遇》：松下问童子，言师采药去。只在此山中，云深不知处。

我问姐姐：你有多久没有看见炊烟了？姐姐说起码有十多年了吧。炊烟已经被液化气、太阳能、电灶给消灭了。能源革命追缴着乡村山野日益罕见的诗意，比如炊烟、油灯等带有农耕文化特征和手工特质的事物。我仔细观察了一下，庄廓周围没有电视转播塔、没有移动通信互联网技术的信号发射塔，也没有卫星接收器。某种程度上讲，凡是人类脚步到达的地方，带来一种文明的同时就会侵蚀一种文明，这种侵蚀就意味着罪恶的开始和道德的变异。没有人来人往，没有车来车去，避免了现代世界海量信息的入侵，这何尝不是一件好事？可以说，不接通外部陌生的世界就是对雪山、松林、山泉、河流、牲畜构成的童话世界最好的保护。

夕阳西下，这些牦牛和生灵们，在余晖的照耀下慢慢挪回家，没有人呼唤它们，也没有人牵引它们，它们身上仿佛装着雷达和卫星定位系统，一步一步慢悠悠地隐没在门前的巷子里，钻进它们的庄廓和牛棚。有的牦牛不急于赶回家，晚上就睡在露天的草场围栏里，它们望望天，与清澈的星空对视，接通天庭的消息。与风雪摩挲，聆听它们如何经历生命中的苦难，跋山涉水从远方赶来。与山川对话，探讨大自然如何以其神秘魔力书写亘古的经典。与机器对抗，勇士一般捍卫它们不被外来物种侵扰的权利。它们饮山泉，保持体内的洁净；它们舔舐雪，接受神的亲吻与安抚。它们进食被月光漂洗过的青草，以最深情的哞声给山谷和草木回报以歌声。

除却暴雪带来的灾难性的后果，适量的雪在，童话就在。雪在，美和神就在。听雪拔节的声音，“空谷无幽兰，但闻松风远”。雪在修行，雪在隐忍，雪让世界进入一种侘寂之境。歌德说“永恒之女性，引导我们上升”。雪是我们人类共同的永恒女性，她教我们目光清澈，心怀慈悲，以一颗童话般纯真之心，报世界以歌。

这满山的雪啊，我们的山河故人，我们的慈父慈母，你在，就心安。

走进草木深处

看到秋日原野里一丛丛被霜露打黄的草木，岁月的痕迹印刻在身上像极了我的祖父。

一些草木在秋风中老去，它们把秋风当作生命的词典，在夜晚说出了生命由绿到黄的全部秘密。你看，那些低头弯腰的草木，它们肯定在怀念往事，要不然，那么厚的霜落在身上，为什么它们皱着眉头，也不喊一声苦？

很多草，被我们晒干，当作取暖的火。许多木头被我们垒在墙角，防备着不测的严寒。草和木在一起，如同左手和右手在一起，无法分割。草用矮小的手掌，为这个世界精心捧出花朵和芬芳，这让我想起幼儿园里稚嫩的孩子给老师毫不保留地说出家里的底细。草木单纯，木头厚道，它们被加工成家具，容纳我们物化的欲望和虚荣。我常常在孤独的时候，怀念小时候和父亲一起伐倒的那些大树。我清晰地记得，当一棵大树被锋利的锯子放倒时，树根里渗出的那些湿润泪水，它的心里藏着多少委屈和酸楚啊。它给我们奉献了果实，我们却举起了屠刀。脚下的草见证了树的疼痛，它们肯定在呐喊，用自己的方式表达对手足情谊的树木的同情，只是我们听不见而已。

我也常常想起小时候被割来喂羊的那些草，那些从草叶里流出的绿色血液。

多年过去了，我不再手握镰刀，向田野里的青草下手。只是我的梦境里经常反复出现一把把青草，它们站在田野里，如同书页里的感叹号，让我猛然醒悟。我陷入遐思，那些被我割下来的草会不会对我怀恨于心？

草木也有自己的生日，当人们为自己的生日，点着蜡烛，盛上美酒，摆上菜肴而觥筹交错以时间的名义狂欢时，草木怎样过自己的生日呢？或许，一只陌生的蝴蝶给她献上最真诚的祝福，一阵温柔的清风给她亲昵的爱抚，一束炽热的阳光给她点燃祝福的礼炮，一块湿润的泥土向她敞开温暖的怀抱。这些简单的植物啊，谦卑的像一个孩子，友好的如同一个天使。

是风，过滤掉了它们身上的杂质。是雨，锤炼了它们的品行。是阳光，塑造了它们的性格。它们裸露在原野，疲惫了，风就给它挠挠痒痒。寂寞了，雨给它说个笑话。困乏了，太阳就给它松松筋骨。受伤了，泥土给它鼓鼓劲儿。它们，像一家子人，尽管有时候也许会为一滴滴雨露，一点点养料争斗一下，但是它们从不摆在脸上，而是悄悄地在泥土深处和解，以自然的法则作为家规，既得到教育又不影响团结，在地面上一团和气，用心为世界交出自己体内的绿，体内的香，体内最纯净的氧。

现在，我远离草木，即便居住的地方有那么一些有限的绿地，但那上面不是真正的草木，而是一群被城市文明驯化了地穿上华丽外衣的“城市生物”。它们的根扎得很浅，从茎叶里向城市人挤出献媚的微笑，尽管花枝招展，却总有那么一些市侩的俗气。

走进草木深处，向它们鞠躬敬礼，亲切地喊它们一声朋友或者兄弟，一个保持单纯心灵的生命，尽管生活让它屈膝弯腰，但它仍然能够在这个大地上傲然站立，以铮铮傲骨，留下自己的绿，自己的香。

和一只蜗牛相遇

顾城说：“人可生如蚁而美如神。”这句诗把人的自然属性和社会属性完美并列，衍生出了我们对生命的多种解读。人的俗身可以像蚂蚁一样在最低处生存，也可以像神一样在高处生活。这种精神的游离升腾让我不由得想到古代几位诗人类似的生命感慨。曹植在《善哉行》中写道：“人生如寄，多忧何为？”杜甫在《旅夜书怀》中写道：“飘飘何所似，天地一沙鸥。”人生在世，到处飘游不定，这像什么呢？就像那天地间四处飞翔的一只沙鸥！在苍茫天地间的沉郁一问，道出了生命无限广阔中的孤独渺小的哲学玄机。

盛夏的一个晚上，从八点到九点，我在小区散步一个多小时，大汗淋漓，不亦快哉！一边走着，一边听着许巍的歌，突然我在路灯下看见一只蜗牛静静地卧在花岗岩地板上，地板上还残留着夏季白天的酷热余温，台风刚过境，虽然凉风习习，但仍无法彻底清除地面的温热。

灯光下虫子们尽情飞舞，拥挤，宛如小镇嘈杂吵闹的集市一般，光源所辐射的地方，就是它们的地段和势力范围。你可以把它们想象成乐而无忧亦有点小聪明小可爱小狡猾的赶集者，争吵、算计、和解、微笑，也可以当作一场草根广场舞的策划者、参与者。这些小昆虫们对光的热爱，和我们人类对世俗生活的热爱没有什么区别。突然，我差一点踩在脚下的一只软体动物身上，蹲下来仔细一看，是一只蜗牛，它高昂着头，缓慢而又优雅地扭动脖颈，以回望的姿势，审视刚刚移动的步履，它短短的角，在灯光下清晰，仿佛是从它的肉身中刚刚萌生的两根新芽。它的卧姿无异于草原上恬静高贵骄傲的小鹿，灯光如水，它背上螺丝状的壳让我不由得想起前往西天取经的唐僧背上的包袱，你永远猜不透里面是什么经卷衣钵。如果我们现实一点想，它是动物里的大款土豪，走到哪里就随身携带一部房车，逍遥自在，宛如神仙。它的位移可以用毫米来计算，和我们人类的脚步相比，它一夜所走过的路，丝毫不亚于红军的两万五千里长征。这是蜗牛的长征和壮举。它自带旗帜，在晚风里蘸着灯光，如一名经验丰富的地质勘查队员，勘探前方不知凶险的道路和境遇，至于是否有一座富矿，不得而知，重要的不是结果，而是过程。

我一边想着，一边前行。我意识到一个重要问题：小区里晚上散步、运动、遛狗的人很多，万一被跑步的人无意中踩到蜗牛怎么办？这让我不由得紧张起来，尽管有的人会以为我这是做作或者小题大做，但于我而言，这是极其迫切的一件事。想到这里，我已经走了小区休闲绿地的三分之一，我有点担心，或许它安然无恙，或许它可能面临灭顶之灾。稍微让我欣慰的是，我所在的玫瑰园小区路面禁止停放任何机动车。我几乎带着小跑往蜗牛的方向跑，想一探究竟，既忐忑担忧，又期待它安然无恙。很多偶然的瞬间，一念天堂，一念地狱。这不起眼的物种，它的移动像在朝圣，它的生存与奔波，脾性与气场，我不懂。我只是从人的角度想当然猜测它的路径、生存状况和思想。我不由得想起中国思想史上庄子与惠子那段经典辩证的对话，容我引用一段。

庄子曰：“鯈鱼出游从容，是鱼乐也。”惠子曰：“子非鱼，安知鱼之乐？”庄子曰：“子非我，安知我不知鱼之乐？”惠子曰：“我非子，固不知子矣；子固非鱼也，子不知鱼之乐，全矣。”庄子曰：“请循其本。子曰‘汝安知鱼乐’云者，既已知吾知之而问我，我知之濠上也。”很多时候，我们生而为人，妄自菲薄，想当然地认为人类是主宰一切生命和物种的核心，总认为只有人类有思想，而其他的物种都是自然属性中的本能，没有思想，只有一种思维的物理运动。我想以惠子的口吻对问一句：子非蜗牛，安知蜗牛之思也?

走到蜗牛跟前，我发现它比我刚才看见它的时候移动了一段微小的距离，目测有七厘米。谢天谢地，它还活着，没有被跑步、遛狗的人踩到。这偶然的一瞬，是蜗牛的天堂，也可以是它的地狱，谁也无法预测时间的瞬间变数中空间的位移会影响命运的前景。刹那庄严神圣，刹那辽阔苍茫；刹那罪恶，刹那人性斑驳逼仄。

我蹲下来，仔细端详蜗牛的黏液蠕过的地方。这尊肉身，如修行者孤寂前行，不问风云，亦有风霜；不管黑暗黎明，怀里的一部卷曲的经书，就是它的方向和使命。为了防止别人踩在它身上，我决定把它移到草地里。就在我的手指触摸到它的壳后，它受到了刺激，我是闯入者、冒犯者、惊扰者，或许我惊扰了它的梦，使梦夭折；或许我惊动了它的思想，打破了它潜心丈量的国土疆域。或许我的轻微触动掀起了它行进中的狂澜与台风。我不知道它是否会恨我鲁莽而唐突的打扰，我想当然地认为人类的拯救或许对它来说是伤害。它把湿润的头缩进壳里，在我看来这徒劳的自我保护就如我们人类的掩耳盗铃。一个弱小生命的庄严瞬间，安静休止于一个螺丝状的壳里。这螺纹形状不失美感，高贵祥和，犹如盛唐佛像头部的螺纹和肉髻。

我轻轻地把它放到了草丛里。它从一方国土被动迁徙到另一方国土。这空间的转移，带给它的是幸运还是厄运?喜悦还是悲伤?错误还是正确?是否与它的初衷南辕北辙?或许我的举动阻碍了它自由的理想与希冀，一次美好的旅行和约会，因为我的介入而改变了它的方向和结局。我们眼里的人道主义，有时候对其他世界的物种而言是暴力悲剧。其他的物种如一面镜子，在它们的世界里照见人类的荒谬与浅薄。

路面是坚硬的，草丛是柔软也锋利的，草丛没有像树木有叶子一样更利于蜗牛前行。它卧在草丛里，向我投来一瞥，我当然不知是仇恨还是感激，抑或其他的情绪和态度。这是两个生命的相遇，但愿是彼此心目中的礼遇。

我可为蜗牛，蜗牛亦可为我。我们在不同的时空相遇，是天地之因缘相遇，冥冥中，是什么无形的力量牵引着我和他相遇相识？我和一只蜗牛，彼此致敬，在各自的乾坤里，以目光拥抱然后错过。世界依然转动，只是在彼此的凝视里，我们变了模样形状，互为弱者或强者，携一程，伴一瞬，然后别离在命运的茫茫风尘里。

被草吃掉的路

住所后面的邻居搬走了，此后，他曾经居住的那个属于单位的小院子空了，通向小院子的路像一只枯干的枝丫，把人去房空的院子鸟巢一样举在风中。院门敞开着，风可以毫不警惕地随时自由出入，人更不例外。

我住在院子的前面，夜晚安静的时候被冷落的院子如同一个空瓶子，只有大风吹来的时候，它破损的瓶口才能发出一些响动。有天从花市买回一盆花，需要换土时，我才想起了院子里不大的空地里可以挖些泥土。我们需要某个人的时候，才会想到他的好，自然也一样。当我们需要从自然身上攫取点什么的时候，才会念及它的存在。比如，我只有需要一点土的时候，才想起后院。

于是兴冲冲找来一把铲子，找了一个塑料袋去了。走到院子门口，我已经看不到往日的一点痕迹了，令人触目惊心的是，院子里的小路被杂草埋没。甚至屋檐下的水泥土缝里都蹿出一簇簇的杂草，这些草已经到了无孔不入的地步。破损的台阶上、裂缝的水泥地面上、潮湿的院墙上、乌黑的屋瓦上，甚至一个废弃裂缝的破盆子里都长满了丛生的杂草。

这些杂草可以淹没膝盖，凶猛、野性、张扬，就像在争斗中占上风的一方，气势汹汹、斗志昂扬，毫不夸张地说已经武装到牙齿了，它们吃掉了院子中的小路。不知为什么，我的脑子里出现这样一幅画面：月黑风高的夜晚，一棵棵杂草团结起来，手握着手，肩并着肩，从容而又坚定地跨着只有军人才有的步伐挺进院落，那条路还没来得及看清它们的面目，野草发射子弹一样把种子扫射在路上。于是，一条原本清洁的路，一夜之间长满了杂草，路像受伤的蚯蚓一样，奄奄一息躺在地上，残喘着呼救。来了一阵雨，掐住路的脖子，使其不得呐喊呼救，然后迅速吞没无助的小路。杂草似乎从风雨中得到了鼓舞，一个劲地在路上安营扎寨，气势锐不可当。

这场草与路的战役最终以草的胜利而告终。

眼前的景象让我很为难，到底铲草还是挖泥？不铲除草就挖不到泥，铲草又要花很大的功夫。凶猛的杂草踮起脚跟伸长野性率真的脖子，微风吹来，婆娑起伏，俨然是一副醉酒后狂草书法家的做派。这强劲的生命啊，想想作罢，最终我空着手回到居所。

一条路就这样被杂草吃掉了。

鲁迅先生说过，“其实地上本没有路，走的人多了，也便成了路。”先生有先生的道理。而现在，我得到的结论是，世上本来有很多路，只是许多人放弃了坚持和抵抗，这条路就金属一样生锈后，烂掉了，变成了绝路。

那些杂草雄姿勃发，举起一支墨绿的笔，把我们曾经走过的路抹掉了。大地是它的画板，时间助长了它的任性，集体的力量宣泄了它生命中最强劲的那部分。人这一生就如同草的一生。每一个人在时间的沃野里都有那么一方地、一条路，只是有的人走着走着就把路走丢了，走绝了，把地翻荒了，直至本来种谷物的地成为杂草的乐园；而有的人却把路越走越宽，地越种越肥，杂草得势的时候，路就落寞，路得势的时候，草就叹息隐退。

人的一生与路无法分开，走过一条路我们今生很可能再也不会去走了，那条路就像一只不合尺码的旧鞋子被我们扔掉了，最终风扯断它的针脚，雨吃掉它的条纹，野草挑断它的筋骨，使其无法动弹，旧鞋子就化为腐土，成为野草安居乐业的立足之地。而新的陌生的路如同一朵带刺的玫瑰，诱惑着我们靠前，把它酿成岁月的香水。

被草吃掉的路和院子完全有两种结局，其一，弃置不用，任凭风吹雨打，野草生生息息，一派荒芜；其二，打上农药，驱除杂草，种上庄稼瓜果，一派生机。然而在这个喧嚣的街市，没有人有这份闲心到一个人迹罕至的小院落，去种花养草，讴歌生活。

人也一样，倘若想让自己生命的院落桃李芬芳、瓜果飘香，只能勤勉地审视自己，是否有野草蹿入与害虫结盟，侵蚀通往秋天的小径。我们永怀爱美之心，在汗水中找到幸福的光芒，用爱和信仰筑起生命的篱笆，使自己所选择的路脚底留香，看不见杂草眈眈目光。

奔跑的蚂蚁

西方有一位诗人写过这样一句诗："我想描述一束光，它来自我的内心。"我很喜欢这句诗。

与我而言，这束诞生自内心的光有可能是我们体内一只奔跑的蚂蚁、一只飞翔的蝴蝶，甚至是一面为我们呐喊助威的锣鼓。

喧闹的时候、寂寞的时候、孤独的时候、快乐幸福的时候，很多时候，甚至在尘世的舞台上得意忘形的时候，我总觉得自己的体内有一只虫子、一只蚂蚁一样在我们骨头里、血管里、筋脉里奔跑，它在寻觅灵魂的穴位，撕咬我们最敏感脆弱的那根神经。

在得意忘形的时候，蚂蚁的撕咬让我头脑清醒。我总想拿出笔或者像一只卧在电脑键盘上的蜗牛一样，一步一步，安静地敲一些文字。以这些从生活的煤层里掘出的文字为拐杖，直立行走，向着阳光深处或者鲜花盛开的地方走去。因为有了"写"和"敲"这两个微小的动作，我平凡的生活不再像一只破了洞的袜子一样空洞。而我思想的足已经远行，不再担心行走在荆棘丛生的羊肠小道上还是行走在万丈坦途间。

我们常常忽略常识，又被常识欺骗。不多的人生经验晦涩地告诉我：即便前面是万丈坦途，也要保持如履薄冰的谨慎；即便是荆棘丛生的小道，也要保持举重若轻的从容自信。因为只有最熟悉的路上我们最容易摔跟头，然后鼻青脸肿地说：原来井底之上的天并不是圆的。

世界被夜色笼罩的时候，我们可能睡去，但体内的蚂蚁一直不曾停止奔跑。我们的肉体是蚂蚁奔跑的泥土，我们的气息和语言很可能就是它奔跑时卷起的灰尘。我们的胸怀就是蝴蝶飞舞的天空，我们的某个穴位就是蚂蚁的家。它们既是我们的朋友，又是我们的敌人。因为我们心存善意和信仰，它有可能在我们的某个穴位打开一扇门，让灵魂出窍，抵达一个安静而又高远的境界；如果我们内心汹涌太多的欲念，它们有可能停止奔跑，在我们某个致命的补位掘开一个漏洞，使灵魂的堤坝失守，溃于蚁穴。这是一件很可怕的事情。

我们只能在喧闹中冷静坚守，就好比在污泥塘里亭亭玉立的荷花一样，身陷泥塘，心却高高在上，不染纤尘坚守骨子里的那种高洁和优雅，在白天黑夜里，在清风明月下，在喧闹纷扰中，默默地放开喉咙，为这个世界释放出灵魂的芬芳。

不要过多的赞美，也不要太多的瞩目，即便没有赞美和瞩目，那只卑微的蚂蚁有时候肉眼看不见，它只是悄悄地用它纤细瘦弱的腿脚敲打我们的骨骼，当我们的骨骼坚韧得足以发出叮叮当当的声音时，它有可能长上翅膀，大鹏一样飞出它的泥土地，拉长我们的影子，拔高我们的脖颈，让我们清楚地看见原来的我们是那么渺小。

为了让一只奔跑的蚂蚁变成一只展翅的大鹏，我们没有理由停止让心灵奔跑和飞翔的信仰。

一窝批判主义的燕子

我担心的事情终于发生了。

出差两天，回到家，我并没有急于进门，我关心的是门前公用露天阳台上刚刚建好的燕子窝是否安在。我看到的场景是，阳台天花板上的燕子窝荡然无存。只零星地粘着几粒可以数得过来的泥巴和一两根细细的草梗。地上落满了蚕豆大的泥巴，凌乱的草根，几块破了的干蛋壳。这场面让人不由得想起窃贼作案后留下的现场。这让我很悲伤，而且十分愤怒。我是在四月明媚的阳光下，一天天看着两只燕子从远处一粒一粒衔来泥巴、草根、动物的毛发，和着自己的唾沫一点一点地建起那只窝的。

当湿润的泥巴脆弱地筑起薄薄的弧形壁垒，希望的稻草刚刚铺就爱的暖床，泥巴和稻草在四月的暖风下即将演绎一对善良夫妻的厮守和缠绵时，谁能想到自己能遭此横祸呢？幸福的时光还没有来得及完全分享，梦却被现实碰碎了。

失去家园的燕子站在电线杆上，蜷缩着，像个乌黑的逗号，让我诗意的想象停顿，我每天的守望因此中断。它们不停地鸣叫，我无法破译其中的感情，也看不清它们的眼神中究竟蕴含了多少悲凉和愤怒。但我可以肯定，它们焦灼不安，为明天的去向担忧。这让我想起电视里那些因为战争和饥饿失去家园的非洲难民，那些被洪水和灾难夺去快乐童年，颠沛流离的儿童。这样一想，失落、担心像潮水一样涌上我的心头。

四月的时候，每天早上一起床，我就到门口欣赏燕子用灵巧的嘴一下一下，一粒一粒，一层一层，一口一口建造自己的家园。纯真、无邪的燕子像个绣花的小姑娘，专注于泥巴之上的风景，从不倦怠所钟情的事业。我注意观察过，它们分工很明确，谁干什么一点都不含糊。一只专门负责衔泥，一只专门衔草梗，各就各位，不超过三天时间就能完成白手起家的神圣使命。从无到有，从小到大，漏斗状的燕子窝如同一个小小的金字塔。也许在燕子眼里，一根稻草就是一块垒石，只要有爱，每一粒泥巴就是足金的财富。按这个逻辑推断，那么一雄一雌的燕子就是金字塔中的法老和胡夫了。

我想，它们最初是怀着浪漫主义的心到城市的屋檐下找寻一个安稳的角落，然而，在尘世凶险无常，钢筋水泥筑就的楼群中找寻这样角落是谈何容易啊！现实却是出乎意料的残酷，一根细细的竹竿或者一块石头瞬间就能毁灭它们温馨的梦。这可怜的生灵，多么让人爱怜又心疼。

经过调查，我知道了捣毁燕子窝的“凶手”是楼上邻居家的小孩，他在重点小学读四年级。知道结果的那一刻我十分愤怒，心里叫骂着准备去找他父母，父亲劝住了我。他说：小孩子好奇心强，不懂事，就原谅他吧。告诉他以后不要再犯错误就行了，没必要动肝火。

但我又不忍心，一只和我没有任何关系的燕子窝就这样化为一团泥巴。或许他是为了满足年少的征服快感吧。燕子向我们投出了信任的一票，在家门口给我们增添生活的情趣，在天空自有飞翔，裁剪白云，给城市单调的生活增添了无限诗意的畅想，可我们呢？它们用歌声平息着城市人的浮躁，而我们的口袋里却装满了屠刀。

燕子可能不会想到，它天天在家门口用歌声感恩的人却给了它致命的打击。

它们想不到的事情太多了。那个缺乏教育的孩子在我眼里变得十分可憎。他为了一时的快感，葬送了燕子一年的温暖。他的瞬间举动，在我眼里上升为一种暴行。燕子把一些小小的昆虫和遗落的麦粒作为口粮，用翅膀和尾巴梳理着天空中凌乱的风云。最让我感动的是，它不小心把衔来的种子掉在地上，落进阳台上的水泥缝隙间，雨水浇灌后，竟慢慢地长出了一簇簇小小的绿苗，使得这狭窄的公共阳台春意融融。

在儿歌中进入我们童年的燕子，让我们从小就懂得了去亲昵、呵护它们。保护鸟类，人人有责。老师的教育种子一样从童年起就扎根在心间，可现在，一个小孩的凶残举动让我对当下的教育陡增了一种担忧。

无辜的燕子手无寸铁，不然它可以投出报复的匕首，或者可以拉出一摊嘲弄的粪便，然而，我们的阳台始终是干净的。卑微的燕子眼睁睁看着暴行在阳光下继续，它们没有坚硬的拳头可以还击，只能用无奈的鸣叫表达自己的抗争和无奈。

那几天我和家人、朋友谈论最多的就是燕子窝被捣毁的事情。在讲述这件事时我并没有把它当作简单的一个儿童游戏来看待，而当作一个十分严重的事件来分析。我猜测遭重创的燕子可能会迁徙他乡，将伤痛的回忆留在我的住所门口。但是，我低估了它们的力量，两天后我发现，它们又重整旗鼓，在同一层阳台另一间屋子的檐下勘察、选址。它们开始了新一轮的家园重建计划，狭窄的阳台又恢复了往日的忙碌。燕子飞来飞去，我看见了稻草，也看见了湿润的泥巴，更看见了希望。当天我找到邻居，告诉了他孩子所犯的错误，同时郑重交代他的小孩：如果以后再发现类似的事情我就要告诉老师和学校！邻居表示不解，一个小小的燕子窝不值得如此大惊小怪吧。我说，如果你不重视，更严重的后果在后面。这不仅仅是教育的问题，更是事关孩子人格的问题。

晚上，我一直在思考。这个世界上最大的能量到底是什么？最恒久的物质到底是什么？活下去是最基本的原始力量，那么活得更好更有风骨就是最具魅力的信念吧。

我在仰视新建成的燕子窝时找到了问题的答案。这种能量不是仰仗人力脑力和科技手段的武器，也不是支撑基本生活的物质储备，而是一种说大也大，说小也小的能量，名字叫“爱”，这种爱就是一种活得更好的信仰。

我们与燕子之间隔着那么一段距离，它们之所以比我们高，是因为它们总以爱的眼光打量着这个慌乱的人间，而不是以刀的锋刃来权衡这个世界的软硬。我在构思这篇文章时酝酿了几个题目：《一窝受伤的燕子》《阳台下的愤怒》《四月的担忧》等。最终我还是用了现在的这个题目。我想用英国诗人拜伦的一句诗来结尾，权当作给那窝燕子的一点心理安慰吧：你有人类的全部美德，却丝毫没有人类的缺陷。

敬畏卑微

有个亲戚家养蚕，没事的时候我经常到他家里观察养蚕的过程。五月正是蚕发种的最佳时节，针尖般渺小的蚕种，密密麻麻躺在专用的养蚕纸上，亲戚们将采来的桑叶切成雪花般的碎片，均匀撒在蚕纸上。像一粒火星，那些幼小的蚕体躺在细碎的桑叶上轻轻蠕动，肉眼看不出它们是怎样进食桑叶的，但过不了多久，嫩绿的桑叶就会被它们吃个精光。

一星期之内，蚕种就能长得像火柴杆那么细，每天的成长速度十分惊人，一天一个样，三天大变样。十天左右蚕已经长得有筷子那么粗了，颜色也由淡黑色变成草绿色。每当一袋袋桑叶撒在蚕床上时，硕大的桑叶片刻间就被吃得只剩下茎脉。外表秀气文静的蚕已经出落得像一个大方的姑娘，在桑叶上款款而舞吞噬桑叶，只听见沙沙的声音，如同初春的夜雨。

在蚕室中适宜的恒温下，蚕长得十分迅速，等长得有手指那么粗的时候，已经很健壮了，蚕体有些透明微微发黄，像个懂事的孩子，不再留恋蚕床润软舒适，而是专注地爬到方格蔟（一种让蚕结茧吐丝的工具）一圈圈一圈圈吐丝结茧，一副胸有成竹的样子。辛苦的亲戚支起架子，将一块块方格蔟放到室外通风见光。两三天时间就能结成一个鸽子蛋大小的白色的茧。阳光下，成形的蚕茧玲珑晶莹，如同冬日里明净闪着光芒的瑞雪，让人浮想联翩。

收获蚕茧的时候，我曾以闹着玩长见识的心态帮助亲戚从方格蔟上拾过蚕茧。亲戚让我用手撕撕茧，看能否撕得开，然而无论我怎么用力，厚实的蚕茧纹丝不烂。亲戚解释说，你别看蚕弱小，它的茧用手是撕不开的，除非用刀或者锐利的工具。

我问，这轻飘飘的茧有多少丝？亲戚笑着说：尽管茧的长度不到四厘米，说出来或许会吓你一跳，一个蚕茧，可以抽出长达1400多米的丝！

亲戚的解释让我很震惊。我没想到，这外表羸弱的蚕，竟能吐出如此绵长的丝。我陷入沉思：蚕在黑暗的茧内孕育这1400多米长的丝，究竟蕴含着多少忍耐？倾注着多少恒心？绵延着多少韧劲？

我不由得敬畏起这卑微的生灵。起初，它们弱小如一粒在飘摇风雨中落地的不起眼火种，到了生命的尽头，它们弱小的躯体吐出的却是一种柔韧灿烂。展示的是一种生如春花般的灿烂，死如秋叶般的静美。

人可以为某一种牺牲而遗憾，而我不知道这卑微的生灵是否为生命的短暂而遗憾？白色躯体、绿色桑叶、黑色排泄物组成了蚕生命的三原色。它们以绿色桑叶为画板，以柔软嘴唇为画笔，把生命最后的黑暗挥洒成恒久的灿烂，把柔弱的躯体蛹变成另一种华贵和壮美。我更不知道，当那些身上穿着华美丝绸织就的名牌服饰，嘴上不断抱怨生活的人，可曾想过，那一根根细密的丝究竟蕴含着多少蚕经受黑暗煎熬后的执着讴歌？

倘若简朴自然的方格蔟是一座幽静的寺庙，那么一个格子就是一间僧舍，结茧吐丝的蚕就是在宁静中修行的僧人。它们在黑暗中参悟得道。艰难困苦，玉汝于成。蚕的品质就是玉的品质。心若在黑暗中呐喊，那爱必将在执着中灿烂。那纸质的狭小方格蔟不是囚禁蚕一生一次美丽的囚室，而是它为生命华美复活的窗口。每一只蚕只是一个蛹孵化为蝶的沉默灵魂，它的卑微是为了让我们仰视一只蝴蝶怎样华美地在桑田和白云之下自由飞翔。

清晨四点的鸟语

南方的季节进入夏天，天就亮得很早，清晨不到四点的时候，天已经亮了，如同淬火后即将出窑的青瓷，透着光亮，新鲜。

那段时间，我的生物钟乱了，每到后半夜四点的时候，就要起夜方便一下，尔后，再也睡不着。于是坐在阳台上发呆。窗外，天快要亮了。这个南通市最老的小区很安静，由于老，小区里有大片的雪松、广玉兰、法国梧桐、毛竹、水杉，还有一些叫不出名字的树木。这些树木有的年龄比我还要长。我应该叫它们长辈了。

推开窗子，窗外看不到行人、车辆，一切还沉浸在后半夜的梦境之中。前半夜，夜色像一团墨，给人们不尽相同的梦着色。到了后半夜，天渐渐放亮，人们的梦渐渐变薄，亮色像一层纱，覆盖着黎明前的小区。鸟儿们已经出来活动了，它们站在雪松枝上，电线杆上，楼房顶上，脓包一样挂在楼外的空调外机上，三只一窝，五只一群，“啾啾，啾啾，啾啾啾”叫个不停，声音或悠扬，或激烈，或急促，或舒缓，在这个寂静的清晨，这个斑驳的老小区久久回荡。这更加映衬了古人那句“鸟鸣林更寂”的那句诗。鸟声如水，缓缓流动在小区，我感到一滴滴清露正缓缓从梧桐叶子间滑落，清幽、晶莹。

有的鸟儿（请宽恕我有限的自然知识只叫出那么几种鸟的名字）落在电线杆上，齐声鸣叫，一只个头大一点的鸟将头对着落在电线杆上的鸟儿，一闪一闪地扑棱翅膀，那架势如同剧院里的音乐指挥。随着指挥不停地扑闪翅膀，电线杆上的鸟儿和着它的节拍，有旋律地叫着，看上去酷似一支交响乐队。一楼的住户把门前的空地围成一个小院子，种上丝瓜、豆角、大蒜、芹菜。丝瓜长长的藤蔓盘在墙角的电线杆上，顺着电线，毫不畏惧地向更远的地方蔓延。一条条还没有完全长熟的瘦丝瓜挂在电线杆上，像电信局悬下来的一个野外话筒，不知道，这碧绿的丝瓜是不是为了和小区里的鸟儿自然而又亲密地在这个夏日的清晨通话。黄灿灿的花，像极了小小的金色喇叭，一个又一个，挂在电线杆上，挂在靠近院墙的树木上，这么多话筒从瓜藤上悬下来，从土地里抛撒出来，是不是一心想告诉在城市生活中疲惫不堪的我们，别忘了倾听来自鸟儿的天籁音乐？有的已经成熟的丝瓜，弯曲得像一个个问号，醒目地吊在电线杆上，是不是在提醒我们，即便庸常的生活，也需要融入一些来自草木、鸟类洁净胸腔发出的旋律和音符，生命才有一些本真的意义。遗憾的是，我们脚步匆匆，眼光茫然，却从来无人接听这天籁之音。

“啾啾，啾啾，啾啾啾”，遮天蔽日的雪松枝丫间，屋顶上，天空中，电线杆上，鸟儿们各自为政，似乎在发号施令，又似乎在开一个早晨的例会，像机关里的办公会议一样，布置当天的工作。我陷入遐想，或许它们在研究一天的行动路线，或许他们在商讨群体的分工事宜，或许它们在彩排一个舞剧，或许它们在斟酌夏天的某个红白喜事。我妄自菲薄地猜测着。

一会儿，有的鸟飞走了，一个猛地扎入遥远的天空，在远方成为一个朦胧的墨点。有的鸟在电线杆上跳来跳去，把几根电线当作琴弦，以自己轻巧的爪子，弹奏灵动的琴键。或许是落在电线杆上歌唱的鸟儿，感染了梧桐树、雪松中的鸟儿，它们也从不同的方向和阵营飞落到电线杆上，组成一个合唱团，形成一种气势。这气势，没有波澜壮阔的场面，却有丝竹入耳的清脆；没有大珠小珠落玉盘的跌宕，却有弱柳扶风的婉约。

“呜——呜——呜——”远处的江边上传来汽笛声。这来自钢铁机器的声音，仿佛发出了一个信号，鸟儿的歌唱发生了很大的变化。刚才的清脆婉约此刻变得整齐划一，有抑有扬，有顿有挫，莫不是它们换了曲谱，变歌唱为朗诵？我想起了西方电影中唱诗班的信徒在教堂里虔诚朗诵的画面。

它们的声音庄重、虔诚，像教堂里的钟声，一声一声敲进我的心里。我想，世间最美妙的音乐不是昂贵的乐器在豪华的厅堂里弹奏出来的，也不一定是某个明星在镁光灯的照射掩盖下吼出来的。草木是大地的琴弦，鸟儿是天空的音符。我固执地认为，世间最洁净、直透肺腑的美妙歌声来自自然，比如，一群鸟在晨曦中朗诵的声音，一滴露在草尖上悄然翻滚的声音，一阵风在树丛中徜徉的声音。

太阳出来了，天完全亮了。我也该吃了早饭去上班，开始庸常的生活一天，但是因为倾听了清晨四点小区里鸟儿的歌声和朗诵，我知道，今天肯定不是庸常的一天。我悄悄对自己说。

第二辑

草木岁月

花开花落是植物不可避免的宿命，但凋谢这种生命的仪式是深刻的，这种上升到美学的仪式教会我们珍惜、感恩、敬重大地上美好的事物，做一个精神明亮的人。

花盛开，如风推开诗的门

蜜蜂是采集者，也是传播者，它不倦于田野，让花朵们抱紧体内的信仰，始终相信，春天里有美和神的存在，有浩瀚星空把我们的世俗生活照亮，让我们找到美的矿藏。

花开阔绰，春天是最讲排场的季节，花开得任性，没心没肺，一点也不节俭，如大户人家的子女。梨花如仙女，节俭慎言，有一颗洁白的心。看到那些梨花树，我好奇地想，果树林里肯定隐藏着别样的境界，绽放的梨花随风起落，每一次凋零，也是一次重生。

花朵褪去外衣，退隐成一枚枚小果苞，春风坐化成果实的雏形。头枕晨曦听鸟语，在鸟鸣声中自然醒来是美好的标志或许是一种精神刻度。鸟鸣像布道者的劝诫。三四月，我常常在凌晨三四点醒来，聆听窗外天籁鸟鸣，向那些我浪费掉的粮食蔬菜忏悔，鸟鸣把我走过的路和放下的碗俯瞰，翻书和忏悔，让清晨有了高度。

陶渊明说“闻多素心人，乐与数晨夕”。每天早上散步走不同的路线，遇见不同的花，就是与素心人的促膝相谈。花是大自然奖励给人间的勋章，在有限的保质期内领略无限的广阔，茫茫宇宙，一个人和一朵花结识，是何等的珍贵和不易？日本茶道里的“一期一会”精神可以来高度概括这种相遇。把每一次遇见当作人生中的最后一次，那就格外珍贵珍重。

有时候也散步到家附近的田野里。四月的光景，麦芒拨弄着竖琴，蜜蜂在敲打油菜花的腰鼓。豌豆赶着好时令缝制嫁衣，萝卜花舞起琵琶正欲飞天。豆蔻年华里的植物，都是我的亲戚。桑树们集体念经，引渡蚕种上山。足不出户的日子里，大豆准备清理陈年旧账，这鼓鼓的口袋是夏季最盈实的货币。葱花高举着灯笼照亮田埂。我小小的女儿呼吸均匀，在睡梦中忘记所有的书本。

我曾仔细专注过被青虫吃过的菜叶子。蚀，吃的艺术。蛀，镂空的智慧。透，空间的脚步。不免陷入沉思，作为软体动物的青虫，它们吃草木叶子的规则是什么？为什么吃得如此严谨工整？有没有什么密令？如何鉴别一片叶子里富含叶绿素？它们是雨天里出阵的部队，践踏着春天的宠儿。这镂空的艺术将侵略和伤害变成视觉之美。虫眼是艺术的演练。叶子搭了一架梯子与星辰雨露对话，却引来虫子的觊觎饕餮。时间漏风，虫子留下罪证。一片叶子成为沙场，植物与青虫角力，黑夜成为见证者。阳光照耀叶子的残骸，尽管旗帜破了，它们的瘦骨头依然保持永不投降的姿势。

清晨，去看一片菊海。它们温顺，在黑夜里吮吸月光与清露，把清香酿成酒。黎明时分第一缕曙光开封，每一滴酒分子都是饱满的笑脸。如此没心没肺地开着，如不谙世事的少年，对生活抱以无限热情和纯真。笃信集体主义的教导，抱紧每一点黄，这美的核心，都是黄皮肤里的金矿。拒绝彩排、拒绝言不由衷的鼓掌。菊的春秋，让一小块土壤不朽。

五月，经常大早起来去散步，每当经过世伦路时总会遇见一垄又一垄的金鸡菊。微风中它们将细瘦的身子俯向地面，朝觐者总是谦卑地将身体俯向大地。四季轮回，金鸡菊，一点一点，从土地深处提炼小剂量的金，让你的初夏富有。

家中阳台上的一盆荷花已经养了七年了。每天早上清晨起来顾不上洗漱就跑到阳台看荷缸里的叶子。叶子上的露水让我浮想联翩，一滴眷顾，凝成钻石。粒粒晶莹，皆为天心。这荷叶上的星球，黑夜里的星辰，是神的媚痣。如果月亮有了缺口，我就拿这些水晶露珠去弥合夜的伤口。我的窗台，叶子秉烛，让一个世俗的梦境，抵达一种洁净的可能。露珠，让我学会了每天照镜子，水银镜面的背后，是黑夜涅槃前紧锁的大门。一滴露水的莅临，让黎明充满信心，并捧出夕阳经历锻打后镀金的彩虹。

植物知天命顺天意，她们的自修精神和清洁的道德，常常让人类羞愧。很多时候，植物本身就是人类的导师，我们却常常把她剪下来插在花瓶里，作为一种审美的象征。美是永恒的存在，而人只是天地间临时的大自然的访客。

鸟是自然课堂最忠诚的敲钟人，我们行色匆匆，却不认识身边的天籁就是我们初心里原乡的声音。花开花落，在一粒种子中照见天堂，在花事凋零中明白修行。这佛光闪闪的瞬间，昙花一现也是一生。

盛夏的时候，在凌晨三点多的光景，我听见蛙鸣，顿觉被莫大的幸福包围，神降临，如颁发勋章。城里的蛙鸣意味着这个城市还部分保留着我们最初的那份原始的自然的最真实的记忆。一个城市的可爱或者可贵在于，蛙鸣由衷的赞美。集体合唱不是聒噪，而是一种礼赞和感恩。

有天清晨在世伦路的绿化带里散步，刚迈开腿，发现脚下蠕动着一只黑色的长满了长绒毛的有点丑陋的毛毛虫，我赶紧收住了脚步，避开了它。这一刹那，如果我踩下去，或许一两秒就了结了它的一生。它软弱的一生，估计也才度过了一个月的光阴吧，而这生活中一两秒的偶然孽缘不就是一个生命对另一个生命的践踏?

如果我的脚踩在它身上，一刹那之间，它的宇宙顷刻毁灭了。那一刻，我丑陋的人性也流露出来，可是另一个念头提醒了我，你可是一个十岁孩子的父亲啊！下意识的觉醒，一瞬间的慈悲。回来的路上我想，尽管再平淡的一天，我今天是有价值和意义的。

看植物，与植物对视，和草木花朵说话，摩挲家中的坛坛罐罐和茶器，这些日常之举，都是生命里没有意义的事情，但是正是这种没有意义的生活态度滋养着我们的心情。周作人说过：“我们于日用必需的东西以外，必须还有一点无用的游戏与享乐，生活才觉得有意思。我们看夕阳，看秋河，看花，听雨，闻香，喝不求解渴的酒，吃不求饱的点心，都是生活上必要的。”

这几天读到小说家张楚和走走的一个访谈对话，我把其中的一段抄录了下来，原文是这样的：人有时候需要一些没有意义的东西，它安静地存在着，跟我们所处的庞杂混乱的世界形成一种美学意义上的反差。当然也可以说，它是精神世界对诗意的一种向往和梳理。

生活中，很多的秩序、气场，因为懂得，所以契合，因为契合，所以愉悦。一切的美好，都是天赐的，如氧气和叶绿素。

在喜鹊叫声中自然醒来

能在喜鹊的叫声中自然醒来是一件幸福的事情，当然也是一件十分奢侈的事情。

春节的那几天，因为岳父家的房子被拆迁，我们暂时借居在乡下亲戚家，每天早上都能享受这样的奢侈。早上起床后到楼下庭院，看到电线杆上三两只喜鹊仰着头，翘着尾巴，在冷风中抖着翅膀叫着，不知道是喜鹊叫唤着风，还是风招呼着它们。太阳还没有出来，桑田里的青菜、香菜、野草、蚕豆苗落上了一层薄薄的霜，耷拉着茎叶，像疲倦的士兵，以匍匐的姿态，静静卧在沙场，等待冲锋号角的吹响。田野是安静的，喜鹊的鸣叫，愈发衬托出了这份静谧。桑树枝条被蚕农修剪得高低一致，如同毕恭毕敬接受检阅的民间仪仗队，乡野的谦卑温和在植物花木身上很自然地呈现。大凡朴素、自然的植物总给人以信赖、忠诚、谦恭的感受，让人由衷地亲近。鸟雀禽虫、乡野蔬菜、草木枝叶借着泥土的供养，在乡村合奏出最自然的声音，而正是这些自然的声音合鸣，以其原始的力量，栉风沐雨，把我们在城市疲惫的心灵抚慰得妥帖、安宁、平静。

到了上午十点多的时候，太阳渐渐出来了，气温上升了几度后，爬在田野的青菜、蚕豆苗仿佛被阳光一个个针灸过，打通了沉疴很久的病痛穴位，慢慢恢复了精气神，叶片饱满起来，筋脉有了力度和向上的勇气，没有了萎靡颓废，仿佛经历生活困顿的人走出阴霾，自信地挥去眉宇间的丝丝忧虑，踏上新的征程。

城市的一切都在被篡改：黑夜被彻夜明亮的路灯、绚丽的霓虹、透亮的广告灯箱篡改；宁静的秩序被车轮、汽笛、机器、噪声篡改；天空被网状的电线、幕墙、标牌篡改；绿化被外来的植被、树木、土壤篡改。甚至城市的大地被水泥桩、钢筋框架、砖头、瓷片篡改；空气被汽车尾气、工厂废气、污水所篡改……

一切都被篡改，我们已经没有了原味的生活，原味的秩序，原味的生态，甚至原版的内心。我们的大部分内在已经偏离了自然的重心，偏移到“我”之外了。而乡间的一切生灵、草木、空气、泥土却守着自然的气质，本源的世界。城市与乡间的矛盾和距离，正一点一点揭开当下两元世界里我们的病痛。

话说回来，生活在城市，我们也能看到鸟雀，听到鸟鸣，但我总觉得城市里的鸟雀怀着惊恐之心，警惕之心，它们的鸣叫歌唱，或许缺少乡间鸟雀的从容和笃定。我们在城市，不是在鸟鸣声中醒来，而是在汽车的喇叭声、集市的叫嚣声中无奈醒来的。我决定，只要有空闲，就远离城市的街道、集市、商场、酒馆到乡野里去，去听那鸟声，去做幸福的人，在鸟鸣声中醒来。

每一片雪花都记得回家的路

雪后田野，清冷寂寥，那块犁平整的地如同一部打开后合上的厚书。所有的面孔、情节、喜怒、幸福、秘密都藏在土地里。这个时候的旷野就有了父亲的品性，少言寡语，隐忍，吞下生活中所有的苦和疼。

冬天的旷野是一个村庄的百年孤独。

天空湛蓝如洗，蓝得透明而又忧郁，纯粹的如同假的，有一些虚幻缥缈，就这样真实而又仁慈地在我们头顶护佑每一个春秋。这个时候成群的喜鹊从湟水河畔的白杨树林里盘旋飞来，喳喳、喳喳、喳喳，粗粝的嗓门暴露了它腹内的学问口音和秉性。它们的声部有点摇滚的色彩，也有点民谣的成分，这些高处的民间歌手是最有初心的，一年到头都舍不得离开，就在一个村庄的幅员里繁衍生息。它们也是记忆高超的建筑师，乡村里动物界的木匠，球形的鸟巢高高耸立在白杨树、榆树的最高处，让人远远地就能看到故乡，心理上多了一层皈依感。

身着锦衣华服的野鸡善于伪装，简直就是谍战片里华丽丽的特工，隐没于灌木丛、河岸边、田埂的草丛中。一看它们的穿着打扮就知道，它们生活不可能为五斗米折腰犯愁，胸部闪烁幽蓝绿的羽毛如同清代官员衣服上的补子。每年春节回到老家，在清晨或者傍晚在旷野散步时总会遇见成群的野鸡，惊魂一刻，突然从不远处的草丛里轰炸机一样猛地飞出来，吓你一跳。你只好心扑通扑通地望着它们拖着华贵炫目惊羡的羽毛飞到河对岸的树林里。它们熟悉村子里的每一块地形，高山、河谷、水湾、树林、灌木丛、河畔边的深坑，它们也懂得如何灵巧迅速地在田野藏身。看到它们在不远处隐匿，不由得想起谍战剧里的特工在紧急情况下一次次随机应变化险为夷，不得不佩服这种天生高超沉着的职业秉性。

因为有了野鸡的出没，一个村庄就有了些许高贵的资本。这种高贵不是世俗意义上的野味，而是一种乡野生态上的呵护和优势，一种源自自然伦理的彼此尊重的精神。

我的脑海里一直定格着少年时期的画面。月夜，雪后，被大雪轻轻覆盖的村庄。冬天农闲后，孝顺的父亲几乎每个夜晚都要去陪伴他的老父母。我去找他，风吹起树上的雪，簌簌落下，月光投在下落的雪花上，闪着银光，那些针尖般的雪，轻如身手不凡的武侠高手。寂静是最大的背景，雪落无声，唯一的旋律是脚踩在路上的积雪后发出咯吱咯吱的声音，打破寂静，雪在书写村庄的童话，静穆如教堂，静穆如修行者迈进他的道场。屋顶上的雪身居高位，一副见过大市面的样子；爬在墙头的雪细小慎微，胆小谨慎地抱作一团；挂在树上的雪如蓄势待发的跳高运动员，积攒着力气和爆发力，等着一飞冲天的刺激和气势；铺在路上的雪赴汤蹈火等着天明后在行人牲畜的脚下从容就义。

冬天的白杨树一律萧索、简洁，不是草书，有点隶书和楷书兼而有之的况味。这些风雪中的寂寞无言的卫士，一生都不曾远行。那时候我不知道有个诗人叫里尔克，如果现在回去，面对同样的场景，我真有给它们读里尔克诗歌《秋日》的冲动：主啊，是时候了。夏天盛极一时。把你的阴影置于日晷上，让风吹过牧场。让枝头最后的果实饱满。再给两天南方的好天气，催它们成熟，把最后的甘甜压进浓酒。谁此时没有房子，就不必建造，谁此时孤独，就永远孤独，就醒来，读书，写长长的信，在林荫路上不停地，徘徊，落叶纷飞。

落叶在秋天写信，雪在冬天写信。大雪是天地间最浩荡的一封信。雪是平面几何，雪是魔术大师，雪让世界简洁孤独，雪又平等而又宽容地覆盖并原谅了人间的黑、脏、乱。如果让我用一首诗定格少年时期铭刻在我脑海里的那个雪夜，我想用昌耀的《斯人》来形容当时的场景一点也不为过：静极——谁的叹嘘？密西西比河此刻风雨，在那边攀缘而走。地球这壁，一人无语独坐。现在回想起来，人的一生能有几个那样明月朗照、雪落无声、金辉闪耀、沉寂动人令人铭心刻骨场景呢？这些生命里过往的带有神性色彩的场景是自然的恩赐，是故乡的加持，是生命里修来的机缘。

雪先具体后虚无，是孔子的入世，也是庄子的出世。大象无形，大雪无痕。它落在我的梦里，落在生命的历程里，如一个界碑，这纷纷扬扬的情欲，炼狱后的投胎，浪子回头，乾坤虚静，每一朵雪都记得回家的路。

瓦砾上的雨点

苦中作乐的人，是生活中高明的哲学家。他们深知把痛苦熬成了药，就治愈了生活的伤疤。他们最懂得生活的真谛：有一种药方明明掌握在自己手中，有的人却偏偏喜欢问诊医生。聪明者不治自愈，盲从者久治不愈。

有一个群众喜闻乐见的小品演员说过一句极为简洁的话："名人嘛，不过是个人的名字而已。"我也有一句喜欢的话：在寒冬，最深的井才有温度。

其实，生活中深谙人生之道的那些人往往忽略舞台的高低，对他们而言，真正的高低在舞台之外。名声就好比皮球，弹得越高，最后落地时也摔得最疼。

当诗人或者一个城里人对田野里的麦子大发感慨，讴歌诗意的时候，不远处一个农民正在埋怨长在同一块地里的麦子怎么有的颗粒饱满，有的却干瘪空虚？

哲学家用头脑走路，论理先有蛋还是先有鸡的时候，而农民则忙于建造鸡窝。

当优势一直成全一个人的时候，劣势正在前方挖陷阱。指挥劣势挖陷阱的不是别的什么，而是优势一直在作怪。这就好比在一个单位，一个和你离得很近的人，实际上离你很远。这方面聪明的人远远不如豪猪，我们可以向豪猪学习：在寒冷的冬天用最小的疼痛和距离取得最大的温暖。浑身锐刺的豪猪靠得太近容易伤害对方，离得太远又不容易温暖对方。

当我们自我感觉某一部分非常好的时候，其实我们已经“生病”了。

我们痛苦的根源在于我们计较的太多，而不是我们忽略的太多。

标榜是金子，炫耀是银子，而沉默呢？我想应该是钻石。理智的沉默远远胜于激情的表达。沉默往往比喧嚣更有爆发力。

走惯了宽敞坦荡的大路，不妨走走独木桥或者羊肠小道。独木桥上如履薄冰的谨慎给你的馈赠大于你健步如飞时的酣畅痛快。我们不是跌倒在快乐幸福上，而是自我埋葬于苦痛艰辛中。

好习惯就是好日子，好日子就是好未来。一个习惯于把希望像纸牌一样押在赌局上，天天推来推去的人，最后的结局是：输得比谁都惨！

有时候人的成功并不完全在于他的能力和智慧上，养成一种好习惯，也等于推开了一扇成功的大门。

不要嘲笑那些大晴天出门还要带雨伞的人。当天气预报失灵的时候，我感觉远处的瓦砾上一直在下雨，一滴一滴，像在时针、分针、秒针上舞蹈的时间细沙，我在用心倾听。

雨是大地的保姆

雨，从天下到地下，一下子就看到了自己的命运，一眼就望到了头，可是雨摔不碎，滚不烂，切不断。她命硬，如猫，雨可以有九条命。

我曾写过一首诗，题为《对一滴雨漫长一生的短暂描述》：一滴雨走了多少漫长的路，才来到人间。这坎坷的一生，柔软的骨头，从高处到低处，总能逢凶化吉。它以粉身不碎骨的自由落体，印证了一个，执着于大地的修炼者，怎样把被世界碾碎的那部分，缝合成为溪流、江河和大海的骨骼。雨钟情歌剧，如同我倾心于纸上安营扎寨，对时光所投入巨大的热情，会成为泡影。笔墨拯救着我，即便雨停后也能发出声音。

雨天生喜欢走捷径，走来走去，一生就那么几个固定的姿势，要么是直线，要么是斜线，偶尔和风拉拉扯扯走一下曲线，不躲躲闪闪，掖着藏着，多像生活中那些简单纯粹的人。因为简单，所以深得人心，怪不得古人要用“上善若水”来赞美水。雨是大地的保姆，水的亲戚之一，她们血缘近似，美德近似，善利万物而不争，雨也一样，一生秉持这种美德给天地万物沐浴、更衣、安抚、养育，从不喊苦，也不叫累，直至生命消逝在泥土深处，在天地之间轮回。

泥土低调内敛，雨水直爽干脆。一个有境界的人从不谈自己的高度，雨也是，从天上来，见过大世面，高度已经足够高了，可她从没有丝毫邀功请赏高人一等的意思。在雨面前，奔波在地上的我们应该学会谦卑，并保持仰望的生命姿势，仰望让眼睛明亮，精神有了皈依的高度。

雨没有骨头，亦没有手臂，但她武功高超，技艺惊人。她会飞檐走壁，如江湖武林高手侠客，活得很硬气。摔来摔去，掉在地上，挂瓦檐下，悬在草尖上；爬在树叶里，跳到河流里，钻进田埂里，遁入空门。她一生都追求圆满，功德无量，除非她过于任性，发怒，走火入魔，变成暴雨，六亲不认。

世界上再也没有比雨更大胆的蹦极运动员，如果谁不信，请站出来比试比试。雨太勇敢了，不用保险绳子，一下子就跳了下来，称之为自由落体也是诗意的。因为与天庭的多情的云彩握过手，与慈悲的水汽交过心，而且让躲在乌云背后的太阳镀过金，她的蹦极无意中就多了一些诗性的色彩。

当然，她更是表现出色的音乐家，低音、中音、高音，即可轻柔如婴儿，亦可粗鲁如莽汉。“哗啦啦，唰唰，哗哗，啪啪，嘀嗒，嘀嗒，滴沥，淅淅沥沥”等不完全在列的形容她拟声词都是她的音节，可见雨的乐理知识是多么丰富，好雨就是一堂有格调的音乐课。如果在草原、在山川、在河流、在海边、在森林里把雨声全部录下来，那肯定要比班得瑞的音乐更打动人心。这世界，生命力最蓬勃、最美的音乐，往往是那些原生态的音乐，它们干净、清澈、澄明，保留着我们人类真善美的初心，雨让我们对美好生活充满信心。

雨天就是最好的音乐课堂。在乡野听雨和在城市听雨是截然不同的，在乡野听雨是在水墨画中行走，不同的季节有不同的声部和音节。在城市听雨是听交响乐，落在玻璃幕布、广告牌、水泥墙、汽车顶上、霓虹灯面、水泥路面、楼宇角面的声音更是不同的，不知她落在城市的坚硬物体上会不会感到疼痛。如果我是雨，我肯定选择落在乡野的泥土里，如同开春时，农人耕田，赤脚走进麦田，泥浪翻滚，散着土地的温热，地气亲吻着厚实的脚板，酥软、温柔、体贴，真是金不换啊。

春夏秋冬，风霜雨雪，四季轮回如一场戏的起落，从开始到结束，一生的剧情掌握在天的手里，雨从天庭迈开步子的那一刻开始，就注定她是一个宿命论者，尽管一出生就知道最终的命运结局，但是她不管不顾，如侠客上路，如观音慈航，生命在消失，也在接力，美的质态在蜕变也在轮回。

金无足赤，人无完人，雨也是有优缺点的。作为大地的保姆，雨有人类所有的美德，如果剔除她们集体暴乱变成暴雨，纠集台风形成的灾害，那她真是上天派来的最好的保姆。总的来说，雨有很多美德，极少犯下过错，功大于过，如果我是判官，我会给雨的身世命运做个评价，我会给她打“优+”。

雨的身世带有魔术的色彩，被上天从天上派到地下，又从地下轮回到天上。巡视安抚大地万物，有时也发脾气，但是她的品性有母性的色彩，母性就是佛性，普度众生、宽容、包容、纯粹，以它特有的柔滋养天地之阳气和刚毅，让万物在它的护佑下竟自由，善莫大焉，善莫大焉。

植物知音

作家赵本夫在《无土时代》写道："花盆是城里人对土地和祖先种植的残存记忆。"

我们在城里的阳台种花种草甚至种菜，除了美化家居环境，更多的是对日益式微的农耕文化的一种缅怀与延续。种子和草木归属于大地山川田野，我们却将它们迁移到几十米几百米的高层建筑，成为日常生活中的一种点缀，这颇具一种现代实验的喜剧色彩。

城市人在有限的空间里做一种微小的农耕实验，我们切断了植物蔬菜谷物与土地无形的脐带，让它们脱离泥土的胞衣。在富丽堂皇的写字楼格子空间，在高耸入天的现代建筑物内，在一幢幢高不可攀的住宅楼内，这些花木植物被孤零零分割摆放在不同的角落，不知脱离地平线，它们如何感知天气、地气、节气？自然风雨无法零距离沐浴它们，清洗它们的皮肤，阳光月光无法贴体按摩它们的穴位，把脉病灶所在，蜜蜂蝴蝶更不可能历尽艰难高飞到几百米的高空，翻墙入户，给它们传递春天的情报，打开它们花骨朵里的邮箱。平日里藏在它们根部的蚯蚓、蚂蚁、蛐蛐等昆虫亲戚们也没有高空飞行的能力来拜访迁居高空的植物们。

高高在上的植物们尽管也会开花甚至结果，但它们的体内和肌理缺一味药，这也是维系充沛生命力最不可缺的药：地气。水泥楼板、电梯、玻璃幕墙、各种电线、门窗隔离着它们，导致它们气虚，稍不注意就会耍一些小脾气，在封闭式的高楼住宅里生病、自残、枯萎，好似一个倔脾气的人耍性子一意孤行。

好看的皮囊千篇一律，有趣的灵魂千里挑一。大凡喜欢养花种草的人都有理想主义色彩和自然主义情结。养花种草并不是退休老人的专利，如果这样认为说明你就老了。我认为这是一种有趣的美好的诗意的生活态度，是人与自然的一种亲密和谐关系，是人与植物彼此滋养而互相映衬出诗和美好，喜悦与成就的过程。

今年春节我回青海老家探亲，带回来一些75岁的老父亲秋天时给我采集的牵牛花和毛金莲的种子。我把这些花种分成七八份，分给了同事和志同道合的朋友们。有天中午午休时，我在办公室的海棠花盆里撒了几粒毛金莲种子，一个多星期后，我发现毛金莲发芽，长势很迅速，半个月不到长到了四寸多，只是它的主干只有一根针那么细，这瘦骨伶仃的样子惹人生怜，因为主杆细，所以站不稳，倒在花盆外，一副努力向上生长的架势，如此之纤瘦的样子，似乎拼尽全身力气努力让自己挺拔，可是力不从心，一遍遍地尝试最终横斜在空中倒伏在花盆边缘，细若游龙，反而有了飘逸之感。如果它长在田间地头或者乡野院子里，肯定不是这副面黄肌瘦的样子，绝对会是粗壮结实农家子弟初生牛犊不怕虎的气势，因为我老家院子里有很多父亲亲手种的毛金莲就是这个样子。很显然，时空的位移会导致物候的差异。我不知道长在花盆里的这几棵花会不会因为我让它们背井离乡而水土不服，因此记恨我？

我们小区有三分之一人家还没有住进来，一些人家正在装修。前几天早上散步时我来灵感：等候时机捡一个马桶种花。在马桶里种花，颇有一些行为艺术的味道，这把形而下与形而上，世俗与精神融合到一起，想来真是有意思。黄昏时分下楼散步，我惊讶地发现了堆废旧建筑垃圾区域有一个装修中扔掉的新马桶。于是我使尽洪荒之力，汗流浃背地把几十斤重的马桶扛到了高层楼楼顶的平台。我要在里面种上几种不同颜色的绣球花、菊花。我还在想，哪天等着捡拾一个废旧汽车轮胎更好，我把它挂在墙上种垂下来的藤本植物，诗行一样，一行行垂下来更美，这堵墙就可以成为有腔调和现代感的花墙。

作家朋友王开岭在《古典之殇》一书中写道：高楼大厦夺走了地平线，灰蒙蒙的尘霾，空气中老有油乎乎的腻感，挥之不散的汽油味，即使你捂起了耳朵，也挡不住车流的喇叭，没有旷野远山，没有庄稼地，只有牛角一样粗硬的黑水泥和钢化砖。所有的景色，所有的目击物，皆无施洗过的那种鲜艳和亮泽、那抹蔬菜般的翠绿与寂静……你意识不到一种“新”，察觉不到婴儿醒时的那种清新与好奇，即使你大睁着眼，仍觉得在昏沉的睡梦中。一个人的童心宛如一粒花粉，常常会在无意的“塑造”中，被世俗经验这只蟑螂悄悄拖走……然后，花粉消失，人变成了蟑螂。

我想以种花草这种方式呵护我世俗肉身里流淌的那些诗意和情怀。我决定对自己下手狠一点，我花了三千多元钱，买了环保塑料花盆、防腐木花盆、有机泥土、花种、辣椒、黄瓜苗、葫芦苗、肥料、竹篱笆、花剪刀等，我想用心用情打造一个属于小区居民公共露天花园，期待花儿爬满藤架，我们在架下读书喝茶，无关风雅，不谈和寡，只把美好的时光浪费在这无用的活法。为了丰富楼顶平台花木的品种，我还买了木绣球、蓝绣球花、红绣球花、蔷薇、樱桃树、蓝雪等植物。

每天早上起床，顾不上洗脸，我先到阳台和楼顶平台观察一盆盆花静默次第开放。我以问“看”这种方式问候那些花花草草，数一数又新增了几个花苞，又多开了几朵花。我深情注视并观察每朵花的表情，不同的形状表情就是花不同的语气和造化。铁线莲陆续开放，如一本尘封的册页打开它的故事，一页一页地摊开，就是人与物彼此推心置腹的交流、倾听、安抚。花木洁净，生命成长历程一直都在给予，它具有人们所有的美德，却没有世俗之人所有的罪恶和龌龊。

刮风下雨的时候我总是担心花瓣被吹落，花苞被打折。痛心的事情接二连三发生，那几天气温迅速攀升，一天的暴晒后，一盘本来很好的木绣球死了，枯萎，叶子蔫了，心情很失落，接着怕疼的彩虹月季枯了，爬藤蔷薇枯了，辣椒苗死了，黄瓜苗死了，葫芦苗死了，花木接二连三的枯死，令我非常难过，仿佛我失去了一个个最要好的朋友。我心里给花写悼词，骂自己爱心不够，细心不够，没有及时关注病情，将它们搬回房屋。

尤其要写的是，看到本来开得很好的绣球花放到露台后，两天时间原本打着茂密花骨朵的花蔫了，病恹恹有气无力的样子如发高烧的人。赶紧搬回屋子，一天时间恢复了元气，枝叶舒展开来，挺拔起来，充满了喜悦感，成就感不亚于医生在重症病房救活了病入膏肓的病人。早上起来，我去平台给花浇水，或者下楼散步，我会细心欣赏花朵和草叶上的露珠，它们是夜的神秘手艺人留下的作品。每一片叶子每一朵花都是夜晚的邮箱，天空悄悄在夜幕中投递情书和问候。邮差悄然隐退，他是否记得昨夜的门牌？看呵，这些月季和玫瑰握紧手中的钥匙，守着高贵和尊严，等着风在夜晚从远方驮来一匹匹露水，凯旋而歌。

我们在城市生活，远离泥土，就远离了生命充沛的地气，在现代文明急剧扩张的“无土时代”里，也有很多像我这样热爱土地、眷恋自然，在城市里居住的同类。城市的纷繁变迁有时会让我们精神空虚和失落，他们每时每刻都在寻找富有地气的理想国。依照生态学家利奥波德的土地伦理概念，我们需要一种“新的伦理”，一种生态学的态度，“一种处理人与土地，以及人与在土地上生长的动物和植物之间的伦理观”。恕我引用一段西方学者利奥波德的土地伦理，他认为：当一个事物有助于保护生物共同体的和谐、稳定的时候，它就是正确的，当它走向反面时，就是错误的。土地伦理是要把人类在共同体中以征服者出现的角色，变成这个共同体中的平等一员。土地伦理暗含着对每个成员的尊敬，同时也包括对这个共同体本身的尊敬。将土地这种资源从被攫取的地位转化为与人类平等的地位，这是利奥波德的远见，是他生态学整体思想的直接体现。

家里有很多花瓶，一年四季插着各种时令鲜花。每当看到书桌上、餐桌上的鲜花由荣到枯开到荼蘼时，常常陷入沉思。开到荼蘼花事了，美不会终结，凋谢是花的涅槃和轮回。美是世界的能量守恒，从一种物质形态上升到精神形态。花是大自然的修辞，而我们只是读书人，遇见一种修辞，就感受一次大自然的加持。身在红尘，对时间和自然的态度决定了我们的修为。

养花种草绝不是小资情调，这是我们对土地伦理的遵循与呵护，以花木为友，做花木知音，真正享受到的是“多闻草木少识人”的那份洁净与自清。当一朵花在夜晚或者清晨庄严开花，那不就是奖励给这个清净世界的勋章吗？这勋章也顺便是奖励给有心人的一份奖状，奖励他对土地抱有真诚的信仰和情怀，激励他和自然界的物种平等以待，兄弟姐妹一样将生命中的酸甜苦辣、喜怒哀乐、休戚与共。当一朵花枯萎，它是安静地和这个世界告别，这告别不是死亡，是赶赴它的节日，留下种子，然后涅槃，让生命轮回。

粮，其实是个孤独的王

在乡村它经常出现在田间地头，栉风沐雨，像个忧郁木讷的乡下少年，一副心事重重的样子。不知道他秉持着心怀天下的大志还是日出而作日落而息的亘古传统。他血脉里流淌的乡野的气息，有一些粗犷，有一些惆怅。

凝聚先人几千年的智慧结晶的二十四节气就像24根精准的针，稳稳地扎在大地的穴位上，针灸这个繁华时代日益消瘦的肌体。现在，市场经济迷人的气息已经渗透到乡村的每个角落，一些人宁可卷起铺盖到城里谋生，也不愿意再俯首于田地间种粮种蔬了。他们用在城里谋得的不多的薪水颠覆着“手中有粮，心里不慌”的教诲，宁可到粮店米铺中买粮，也不愿意自己种粮。

粮食变得孤独起来。它古铜色的肌肤下，惆怅的眼神里，内心深处掩盖着多少忧虑和不安啊。就连乡间的孩童也不屑于默诵“锄禾日当午，汗滴禾下土。谁知盘中餐，粒粒皆辛苦”的古诗了，他们更感兴趣的是有线电视里搞笑的动画片，刺激的游戏和玄幻的哈利·波特了。相比于一个自家笼里蒸出的白馒头，对他们来说，城里的蛋糕、点心更具有诱惑力。

我想起了小时候村里的种粮大户满仓，秋天的时候他家一年粮食能收到三十几袋子，鼓囊囊的粮食袋子在他家的屋檐下堆成了山，一直堆到了屋顶。走在巷子里，他背着手，头高高仰起，得意地问从他家门口经过的人们，“你家今年打了几袋粮啊？”当听到“还不到20袋”的回答后，他更加得意了，轻描淡写地说“哦，还不到20袋啊？太少了，手中有粮遇到再大的天灾人祸也不用愁了，粮还是要多种的！”他的口气像个领导教训下属。似乎有了很多余粮，他就成了书记、村主任。看得出，粮食就是他的精气神，就是他最值的炫耀的巨额财富。

去年秋天的时候我从南方回了一趟西部的老家。当时，正值秋收，家家户户忙着用收割机收粮，两三亩麦子，不到三个小时就收好了。我在村子里转悠，以聊天的方式做了个不算调查的调查。村子里几乎没有收粮超过20袋的人家，基本上都在10袋左右，一袋粮食顶多100斤，一户人家的粮食亩产按800斤算，也就是说村里种粮最多的人家，粮食也不会超过2000斤。许多土地被征用后建成高速公路、铁路、企业、开发区，乡亲们情愿拿一亩几万块的补偿，也不愿意一天到在晚屁股朝天种粮了。青壮年男女大都到城里打工挣钱了，土地一天天被他们疏远、冷落。村里只剩下老人和孩子。以前视粮食为财富的人们现在不再以家里储粮的多少衡量财富的多寡。就连曾经以储粮巨多为荣的满仓大伯也改种经济作物。我在巷口遇到他，问他：“满仓伯，今年你家打了多少粮食啊？”他的回答让我大吃一惊，他说：“现在谁还愿意种不来钱的粮食啊？与其种粮，不如种菜，种树，或者到城里打工比种粮还划算得多。现在村里不时兴比粮啦，现在比的是谁的口袋里钱多，有钱就能买到一切嘛。”

他对粮的漠然让我心头掠过一丝担忧。都说民以食为天，食以粮为先。粮是农业的灵魂，没有了这个魂，我们何以保持对大地的那份恩情？我们的村庄一天天被市场经济掏空了，我们曾经淳朴的乡亲现在眉宇间对粮写满了不屑和轻浮。

回家探亲的那几天，没事的时候我就到村庄里的田野里行走，我注意到一些田已经荒芜，长满了杂草。野性的草像泼妇一样占据在曾经肥沃的天地里肆意纵横，太多的轻佻蔓延在每个田垄沟壑。我不知道究竟是土地亏待了他们，还是他们亏待了土地。

种粮是自古以来人类与大地保持最亲密联系的方式。我们以躬耕的姿态叩拜大地，曾经的感恩心态沦落为摒弃、厌恶，这是多么可怕的事情呀。对于粮食，生于斯、长于斯的人们不再虔诚、庄重。一方水土养育一方人，一方人传承一种文化，农耕文化一天天被瓦解，传统秩序一天天被破坏、向着反方向改进。曾经对种粮宗教般地膜拜演化成当下游戏般的敷衍。

在乡间的那几天我一直思考着这个问题：谁也无法阻挡时代前进的铁蹄！生产方式的改进，生活质量的改变，让生活在村庄里的人们更加迫切地希望过上安逸舒适的生活。村子里处处流露着急功近利的心态，乡亲们急于拍掉身上的灰尘，磕掉鞋上的泥巴走进城里打工谋生与土地划清界限。几十年前，粮在乡间的位置，比乡长、村主任、支书还高，唯有粮食才能让乡亲们甘心俯首。麦田像一个巨大的磁场，吸引着乡亲们以躬耕的姿态让飘着麦香的炊烟升起又飘散，飘散又升起。曾经，这辉煌的王统治着乡间文化、传统、伦理，而现在的粮仅仅是用以糊口的一个符号而已。人们更关心到哪里打工工钱高，到哪里打工工钱少，更在意有没有企业到村子里来投资开发占用土地，没有人情愿花太多的精力投入到种粮这繁重的活计上了。

在城里，每天端起饭碗，我就想起曾经种粮，命系粮食的父亲，想起九月的麦场上捧着一把粮食闭上眼睛吮吸蕴含在粮体内的温馨之气，想起流传在农业深处一些关于粮的教诲。

粮啊，你这个孤独的王，我不知道，当昔日的辉煌湮灭为嘴角一股轻描淡写的气，你的内心究竟汹涌着多少无奈和落寞？当曾经的虔诚沦落为现今的漠然时，你的体内究竟流淌着多少难言的痛楚和无奈？当历史的庄重演变成时代繁荣背后的那份不屑时，你的麦芒上究竟积聚着多少悲凉和委屈？

粮啊，你这孤独之王，卑微的我今夜在键盘上以跪拜的姿势向远在乡间的你致敬，我用文字护佑自己度过最艰难的时候，感恩你曾经给予的温暖和幸福。你是人类与大地最重要的一根脐带，我情愿用自己卑微的力量做一次最伟大的拯救。

粮啊，当我们肚皮上的脂肪日渐隆起，当我们的肠胃变得更加挑剔，当我们热衷于钱币叮当作响的喧嚣，谁会警觉你这孤独之王不知何时发作的报复？

粮啊，你不动神色，得道于天地日月，护佑一代代不同国度，不同肤色的人沿着历史的车痕从远古走向现代，从现代走向未来；你身居乡野，心系庙堂之高，你以最世俗的形式掌控着我们的命脉。纷繁的时代，错乱的秩序，在你的肌肤上刻下伤痕，你的风光，你的辉煌已经被所谓的现代文明逐渐吞噬。你不叫苦，你不喊疼。如果实在很疼痛，你就大声喊出来，我情愿以一个农民后代的朴素情怀，用一万次的谢罪求得你一次最仁慈的宽恕。

向一些卑微的物种敬礼

家里养了兰花、文竹、万年青、南山竹等花木。我以养花弄草的方式与自然草木保持一种密切的关系。单身的时候，有一年暑期我回老家探亲20天。南方的夏天气温高，如果没有充沛的水分，它们势必会干枯。为了防止这些花草干死，回家前我给它们浇足了水，并且把每一盆花都放在盛满水的盆里。

探亲假期满后，回到南方的住所，一进门来不及整理行李，我就迫不及待地看花，南山竹盆景已经死了，花盆里的土表面裂了缝，一片片卷起来，就像田野里被烈日暴晒的泥片。原先层次分明的竹叶子一片片掉了下来，有的发黑，有的发黄，竹枝已经干枯了，看上去像极了病床上骨瘦如柴的重症病人。这让我很难过。一株植物的枯萎如同诤友的远逝，斯人不在，枯枝依旧，心，因此未免悲凉。

尽管离家前，我打开了窗子的一道缝隙，但盆景还是枯萎。我知道，这是因为室内通风不足导致的感伤结果。后来我把这盆景端到了阳台上。

南方进入雨季后，我把枯萎的南山竹搬到阳台上了，期待它能爆出新芽。一星期后，我忽然发现阳台角落的盆景里长出一簇簇碧绿的草，这让我很震撼。大自然神奇的力量无所不在，一阵大风让这些远方的草种像鸟一样飞翔，偶然栖息在我阳台上的花盆里，然后静默生长。只要有一滴雨水，一片湿润的泥土，倔强的它们不放弃哪怕任何一次与雨水亲吻、与泥土拥抱的机会，然后迅速扎根。

这是多么凶险艰难的历程啊。我住在六楼，几十米的高空，任何一股大风，都有可能把这些种子吹向远方，落在坚硬的水泥楼板上，丧失扎根繁殖的机会；任何一种鸟群都有机会把它们当作腹中美食，饱餐一顿；任何一场大雨都有可能把它们冲刷到城市的下水道，流向远方的河流、湖泊；甚至在它们即将落入花盆的时候，大风稍微改变风向，让它们生长的希望化为灰烬。

可它们还是稳稳地落在了我阳台上的花盆里，长成高空中不起眼的风景。生命充满了变数，岁月以无常的形式呈现人生最残酷的一面。在时间无垠的荒野里，在岁月无尽的变迁中，在造化的种种无常变数中，它们的根须深入泥土，生长、开花、结籽。

这是怎样艰辛的过程啊。这的确令人震撼，我为这一簇簇高空中的植物鞠躬、致敬。

它们没有苍松坚挺、锐利的根须可以植入坚硬的石岩层；没有翠柏那样伟岸遒劲的身姿，成为人们讼典时的吟唱；没有水杉那样稳固、高大的躯干，成为人们仰望的高度。它们，仅仅是一些不起眼的种子，凭着原始的生殖力量，历尽千辛万苦、千山万水、千难万阻找到了一方面积有限的土壤，卸载它们生长的信念。

我也曾在上下班的路上驻足，为一棵梧桐树注目敬礼。

梧桐树的根部被水泥和瓷片砌筑的花池围拢，或许是它们被囚禁的太久了，不断生长的根须不安于这种现代文明的驯服，它们不愿循规蹈矩，成为人工培育的风景。野性的力量，张扬的美感需要肆意地挥洒。我看到牢固的花池被粗大入胳膊的梧桐树根胀破了，悲树根胀破的花池，瓷砖掉落，水泥、沙石成为碎渣。梧桐树的根裸露在外面，一枝枝新生的细小枝干在花池的裂缝那里，探出头蓬勃地生长。那些葱茏翠绿的叶子是一双双眼睛吧？是时间的眼睛，生命的眼睛，不安于被改造、驯化的眼睛，穿透尘世的壁垒，成为无人注目的地方最美的景致。这是多么撼人心魄又令人感动敬佩的事情啊。

柔韧的树根是软的，水泥沙石是硬的。我在想，无论落在我花盆里的草种，还是冲破街心花池的树根，在生存的樊笼里，它们“不以物喜，不以己悲”，秉承着生命不息的信仰，经受着岁月变迁中无常风雨的洗练。默默地在地下扎根，随遇而安，有时能屈能伸，有时不屈不挠，不仰仗外界的恩惠，不关注是否有多彩的赞美，孤单的、寂寞的超然物外，慧通天地，通灵日月，或粗犷，或秀美，坦露出了这个世界上最博大、坚韧的胸怀。

这是信仰的力量，是天底下最美的风景，在我致敬的目光里。

我为这些卑微的物种致以最崇高的敬礼。

人民路，绝版的春天

“长途汽车站到了，下车的旅客请做好准备，下车后请走人行道。”每天，我坐在位于人民西路的办公室，4路公交车大喇叭里的提醒声，远远地传到我位于六楼的办公室。多有人情味啊，还免费提醒我们“下车请走人行道”。我们的安静权就这样不容商量地被侵犯了。噪声不间断地传来，我的心，乱而且空，比野猪肆虐过的麦田还乱，比手中那些印着鲜红公章的文件还空。我茫然地望着窗外，陷入一场不知何时有转机的奢望，为我的工作，为了我的生存。

车到点了，一些人在春天里抵达他们的终点，一些人又将转到远方，开始一次旅行或者一场漂泊。这个春天，一些人和春风有关，他们“春风得意马蹄轻”。一些人与春天相距甚远，他们“无可奈何花落去”。还有一些人却恍然间走进天堂。

这是春天，路两侧绿化带里的玉兰树上，一朵一朵的白兰花像一只只鸽子栖在树上。没有人知道它们在这喧嚣的人民路上藏着多少孤独寂寞。白天，它们是静止的鸟群，晚上，它们是醒着的灯盏。它们寂寞太久了，在冬天的冷风里驻守了三个月，好不容易挨到了春天，有个抛头露面的机会，可春天的人民路回馈它们的却是喧嚣、尾气和不知从何处飘来的垃圾塑料袋。它们是眩晕的，无奈的，伤感的。如果它们会说话，我不知道它们说出来的第一个词是“啊”还是“呸”！

每天早上，骑着自行车经过青年路，穿过姚港路背后的城中村，再到人民路上的单位，看到一路上那些灯盏般盛开的花，我想象不出它们在“怒”放，还是在“绽”放，心里不由得涌起一阵阵悲哀。那些还没有来得及在春天盛开的花苞，像极了一个内心掩藏着很多愤怒，而面带苍白笑容的人默默握紧的拳头。这拳头是隐忍的。这哪里是花苞、花瓣啊，是铁、是钢、是骨头！可这样的拳头，在春寒、尾气、噪声面前有用吗？

有些花还没有来得及开放，一段时间里天气忽冷忽热，分不清是春天还是冬天，春寒、冷雨、甚至春雪，就足以雪藏它们。这让我想起江面上那些拉着抛了锚的船只，低头、弯腰、屈膝，奋力靠岸的船夫。船快靠岸了，突然来了一波大浪，船只摇摇晃晃，颠簸不止，偏离方向，被暗处的石头磕绊着，再也前行不了。这样的无奈，这样的失望，是蚂蚁，是蝗虫，咬着你的骨头，吞噬你的希望，是揪心的，揪到骨子里，是闹心的，闹到心窝里了。

我们文绉绉地形容一些花的开放是“一生一次的美丽”，而谁会去眷顾那些没有机会“美丽一次”的草木呢？这多像一个贫寒人家的子弟啊，挑灯夜战、山重水复，赶考的路上好不容易走到一个柳暗花明的客栈，看到的却是横亘在河面上的一座断桥。

扯远了，回到人民的路。

这是南方的三月，一些人正在讴歌“明媚的春光”，她们站在人民路的花枝旁，以富丽堂皇的高楼大厦为背景，手扶着绿化带里一串串鞭炮一样紧凑、急促的梅花、桃花，努力露出“明媚”的笑容，摆出春天的姿态，笑着，闹着，拍照。或许，她们是幸福的。我也看到，一个年纪超过60岁的老汉，赤裸着上身，在春天灿烂的阳光下，弯着腰拉着满满一板车煤球等红绿灯。拉绳勒进他的肩肌，在赤裸的肩背上印下一道深浅不一的黑印。等红绿灯的许多行人看着他，他若无其事停在绿化带旁。我仔细看了看他，裤子上全是煤，黑得发亮。裤带是一条布，已经烂了，变成了条、丝。他的肚皮也被煤染黑了，印着一道一道凌乱的黑指纹，我估计是他用搬运煤球的手擦肚皮上的热汗时留下的。绿灯到了，他走了几步，停下来，从容地点了一根烟，手指头又把他的嘴和下巴上稀稀拉拉一寸长的胡子也染黑了。

看着这些，等红绿灯的我突然有一种要放声大哭的感觉。可是，我不能，我真的不能啊！

春光是时间的脸。或许，对一些人而言，金灿灿、绿油油、生动的、抽象的、直白的、隐喻的春光似乎一辈子与他们无关。在春天里，与他们有关的只是扁担、拉绳、瓦刀、刷子、扫帚以及手中谋生的工具。或许与他们有关的只是谋生的力气、汗滴、时间。力气、汗水能换来一日三餐，能换来大米、豆腐、青菜、油盐酱醋，而春光能吗？不能，所以它不是万能的。

也是三月，朋友说，人民路不远处郊区的油菜花开了，去看看吧。我就乘公交车经过那，去了被人民路推搡到郊区的河流，河流两岸有油菜花。用“推搡”这个词，仿佛把人民路和郊区划分成了两个不同的阶级，这更容易让人想起那些乡下的亲戚背着家里种的蔬菜，来到城里的富亲戚家做客，可城里的亲戚听到敲门声不愿意开门的情景。

又扯远了。还是说说和人民路对峙的河吧。不好意思，又用了一个不恰当的词“对峙”。河两岸的斜坡上全是大片大片肆意汪洋的油菜花，它们怒放着，像听到了物价下降、工资上涨喜讯的低收入人群，兴奋、奔走相告、击缶而歌。

看到这些油菜花，尽管它燃烧着，怒放着，但它们的美感在我眼里早已失去了意义，它们空虚了，空虚得如同干瘪的皮夹子。在我眼里，它们更像一片被油漆工泼在地上的油漆。油漆好啊，可以书写有排山倒海气势，有鼓动人心气势的标语呀！这些油菜花是无辜的，它们被春风鼓动起来，调教成一群循规蹈矩、挺胸收腹、端坐静听的小学生了，为了老师的一句表扬或者一朵小红花，老老实实坐在大自然这个教室里，装点进城第一河的窗口。这些可怜的孩子，一些生命最本质的气息就这样荒废在河流两岸。

河水并不清静。河面上有的船只刚发动，机船鸣笛长啸，有点像大城市地下通道里落魄的摇滚歌手，一看见有行人经过就歇斯底里放声吼叫。一些船刚刚抵达岸边，准备卸货。熄了火的机船鸣笛残喘，片刻，分贝缓慢降了下来，柴油发动机熄了火，余音更像一个哮喘的老人。

我走在岸边，看着接连着河岸边工厂、居民巷子的几根排水管里的污水正悄无声息地淌进河里。污水叫嚣着流进河里，河水无力抗拒。我们的工业在腹泻。腹泻不分季节，不分白天黑夜。如果河水懂得喊疼，不知道它能不能掐住命运的咽喉，阻止这些让濒临窒息的污水、排泄物进入喉咙。

离我不远处，一对新人手挽着手，披着婚纱小心翼翼地走进油菜花中间。他们彼此拥抱，摄影师叫他们笑得甜一点，再甜一点。来了一阵风，吹起新娘的婚纱，婚纱白如雪，如雪在风中飘。春风是他们的花轿，把他们抬起来，徜徉在人间三月天。“一二三，茄子”，油菜花中间的他们笑着，摄影师定格了这个瞬间。想必，在这对新人心里，幸福就像油菜花，给他们荡漾起一波波绚丽的梦吧。油菜花不常开，但我祝福他们。用不了多久他们就要从婚姻幸福的殿堂走向家常的烟火厨房。

没错，大地是我们的教堂，山川河流是我们的导师，可是谁在教堂里以虔诚的姿态撒野？谁在以认真负责的态度欺骗我们的导师？

我心虚了，我胆怯了，我不知道自己为什么心虚，我没有偷属于人民的河流上的任何东西，更没有占有属于我们共同家园的每一棵草木呀。可我为什么心虚、胆怯呢？我选择逃离这条河，回到人民路。在路上我想，河流两岸，在油菜花深处，肯定有一些小偷，作贼心不虚，下手胆不怯心不软，一天一天，不分白天黑夜，把山川、河流里的一些东西，转移到他们的仓库、车间、公司里，变成银行账户上的阿拉伯数字，变成他们烫金奖状的皮子。

一些玉兰花开了，一些玉兰花谢了。春天像一条蛇，向远处游走，向时光深处钻去。又像一只鸽子，飞向我们这个一天比一天美好、多彩、风光起来的城市。如果它遇到云，不知会表达怎样的抒情？如果它碰到雨会表达什么样的哭叙？我不是花，当然不知道。

时间一天一天过去了，这条妖娆的蛇变成了少妇，成熟了，稳重了，老练了。我也在春天的人民路上一天天努力学习领会一些指示和精神。我没有装模作样，我只是觉得自己还不够深刻，也不够成熟，我不如春天这条蛇，它能舞动丰姿博得人的欢心，而我只能闷头不语，让自己沉默或者假装木讷。

月末的一个下午，我上班时经过青年路、人民路，早开的白兰花已经明显有了凋谢的迹象，它也无力挽留这凋谢的宿命啊。这又让我想起了那些医院里病床上重症晚期的病人。这联想，让我一路上闷闷不乐，我为什么不往“灿烂”“明媚”的地方想呢？到了办公室，每隔10分钟我就能听到一次“长途汽车站到了，下车的旅客请做好准备，下车后请走人行道。”的提醒。我关上窗子，拒绝提醒，拒绝温情。我点上烟，准备写领导的讲话材料。手机响了，是父亲从远方打来的长途电话。接通电话后他并没有按往常那样先问候我，而是很直接地说：“娃娃，这几天，村庄里又有两个人去世了，一个是我们的本家，才60多岁，患肝癌走的。一个是年纪比你姐大几岁的邻居，在地里突发脑出血去的，年纪太轻了。唉，人活着真无常。你要好好的啊，晚上写文章不要熬夜，喝酒也要注意些。”

我和父亲没聊几句，办公室的电话响了，可能是领导指派下属催要讲话稿了。父亲听到电话后说：“你忙吧，我不打扰了，把我的话放在心上。”说完，挂了电话。

这是我春天里接到最心疼的消息。这两个人曾经就和我生活在一个村庄，有一个还是和我家关系很好的邻居。我忽然想起了纳兰性德的那句词“人生若只如初见，何事秋风悲画扇。”他经历人生起落，写凄凉的贵族爱情，写无常的生命、风云变幻的历史际遇。这样彻肤彻骨的词，用在我这草根的身上，怀念那些故人也未必不当。故人在春天里走远，他们的音容笑貌像玉兰花一样，瞬间，在这个春天的下午在我脑海里勃勃燃烧起来，让我疼痛、不安，感到莫大的虚无。

一些人永远离我们而去，成为泥土的一部分，庄稼的一部分，河流的一部分，他们以回归大地的虔诚去朝拜我们永远的导师了。他们，不可能再和我同说一种方言，同饮一河江水了。

一些河流，流向远方，我不知道它们在远方会遇到怎样的疼痛和创伤；一些花落在人民路上，但我肯定知道，没有人会给它们写悼词，它们最终会被扫进远处的垃圾场。

他们和它们给这个绝版的春天画下了一个句号。不管以后我将会遇到怎样的春天，不可能再有同样的春天，让我在人民路上如此空虚惆怅。

春天真的马上要过去了，但，我不知道，谁，来收拾我内心的悲凉。

第三辑

烟火故乡

村庄是一艘从我们生命源头驶出的大船，历尽岁月的风尘，

它总会载着我们回到源头，膜拜自己的土地。这是一生一次的出行，

我们可以一无所获回到老地方，但只要有爱，我们就有了一切。

回到故乡，我们路上曾经的风光荣耀只是烟尘。

跟着炊烟回家

父亲说，孩子，疲惫的时候，你就跟着炊烟回家。父亲说这话的时候，一脸的恬静、安详，似乎炊烟成了一个乡间的导师，让那些懵懂的心灵找到情感的慰藉，人生的方向。

我们的村庄，被炊烟引领着不断走向岁月深处。而我，为了自己的幸福，漂泊到村庄之外很远的地方。在南方的城市，我再也看不到炊烟了，只是，内心深处，村庄里的炊烟像一棵大树，牢牢地将根扎在我生命的原野，郁郁葱葱，悠然美好。这炊烟吸纳着柴火的味道，五谷的馨香、泥土的气息，一缕缕一缕缕，萦绕在村庄上空。像一块黛青色丝巾，围在村庄的脖颈上，把村庄这个安详的母亲打扮的庄重、朴素而又美丽。

记忆里的村庄，每天清晨、中午、傍晚，炊烟合着日升日落的节拍，发出开启新生活的信号。烟囱里，没有风的时候，一束束炊烟像一个个浓墨重彩的感叹号，提醒着我们，繁忙的一天又要开始了。黄昏的时候，我们从地里干完活，走在回家的路上，走到村口大老远就能看见一束束炊烟，慢慢地穿过林稍，夕阳的余晖撒在林稍间，像涂上了一层层金粉。鸟儿们从远方衔来虫子和谷粒，满心欢喜地栖在树枝上，给那些张大嘴巴嗷嗷待哺的孩子喂食，母性的光辉因这穿过林稍的炊烟，多彩如梦的余晖显得更加的美好。嗅着炊烟的味道，鼻孔里仿佛爬进了一只只小虫子，让我们的鼻子痒痒的，周身就有一种说不清道不明的舒服。繁重的田间劳动给人的疲惫因这或弯曲或笔直的炊烟而散去。美感从村庄升起，食欲从腹部高涨。那时候，我就想，一辈子再也不离开这个村庄了，只为在每天的日升日落中看这炊烟升起又熄灭，熄灭又升起，多好啊！

肩膀上扛着铁锹的父亲笑着说："傻孩子，一辈子窝在这个村庄里有啥出息啊，有本事的人都到城里去工作，吃轻闲的饭去了。哪有像你这样没有上进心的人啊？"

说实话，当时，我对父亲的话有点不以为然，在村庄里生活有什么不好呢？吃自己种的粮食蔬菜，看村庄里曼妙舞蹈的炊烟不是很幸福吗？

土地就像是一根宿命的绳子，把农民一辈子拴在土地上，让他们无法脱离那辛苦而又日复一日年复一年的沉重劳动。多年后，我通过知识，解开这道绳索，离开村庄，在远方的城市里谋生，过上了父亲眼里所谓"喝茶看报动脑筋"的轻闲工作。想到村庄里的乡亲们沿循着日出而作日落而息的亘古传统，从事永无止境的繁重农活，他们的生活依然很不宽裕，我的心就微微作疼。

我知道，父亲当初给我说那番话有他的道理，可以说，父亲看透了生活的本质，当时父亲给我狭隘的幸福定义自有他的苦衷。

有时候，在城市中受了伤，在路上受了挫折，我就想回到村庄，坐在高高的山岗上，对着那见证我年少岁月的炊烟，大哭一场。我知道，我的滂沱泪雨，会被炊烟带走，让我无所牵绊地上路、追求。像一缕空气消失在风中，像一抹炊烟擦干我的眼泪，坐在故乡的山岗上遥望炊烟，我的心会归于平静，城市生活衍射出的所谓计较、竞争、苦痛已不再重要，重要的是从炊烟熄灭又升起的自然景观中汲取继续抬头前行的力量。计较会让自己更加痛苦，竞争会让自己更加疲惫。一切比较、竞争和苦痛，比与我的生命水乳交融的炊烟还轻，我为什么不放下呢？村庄里可以没有高楼大厦，家里可以没有美味佳肴，灵魂的仓库里可以没有金银细软，但村庄里不能没有炊烟，人的精神家园里也不能没有炊烟，应该说，炊烟是村庄里所有人灵魂的导师，它让我们在人生的坐标里找准自己的标尺，时刻保持对生活的信心。

我一直怀念炊烟。远离了村庄的炊烟，我的生命是一条断流的黄河，是一块荒芜的田地，只有炊烟，以及村庄里那些与炊烟站在一起的风物，才能让我的生命保持长久的美感、幸福和丰盈。心里空虚的时候，我常常打电话给已经迁居老家县城的父亲，说我看不到炊烟的落寞，父亲说：孩子，孩子，疲惫的时候，你就跟着炊烟回家。

通完电话，晚上我就会做梦，梦见炊烟舞动的画面，梦中的炊烟就是一场大雨，湿润我干涸的河流，让我的内心汹涌起思乡的碧波，一波一波，顺着河流的方向回家。

漂泊的宿命已经不能让我经常性回家了，命运把我羁押到远方，一年回一次家，看一次炊烟对我而言，已经是命运的大赦了。我只能在梦里跟着炊烟回家。炊烟是一个村庄全部的重量，是生活在炊烟扎根的土地上人们的灵魂。对我而言，炊烟的意义就是灵魂的意义。

一个人的灵魂断炊是一件多么可怕的事情，我的灵魂里每天舞动着那么一束束炊烟。

花蕾上的故乡

每一只蝴蝶只是一朵花前世的灵魂，它的飞翔是为了找寻最初的家园。无论身居何处，我头脑中总是萦绕着这样一幅画卷：

月光如银，倾洒村庄。薄雾似纱，妖娆故乡。虫鸣鸟唱，泥土安详。狗吠牛哞，阡陌繁忙。瓜果飘黄，唇齿留香。花朵峥嵘，岁月沧桑。

友人从故乡来，给我带回一包故乡原野里采摘的干花。在岁月的风尘中缩水的干花，像一位暮年的美人，尽管花容失尽，但气魄依旧。铮铮花枝如同一双干瘦的手臂，把故乡紧紧握在手中，高过我的头顶。

花蕾上的故乡，一位青春的少女！枝繁叶茂了谁远走他乡的牵挂？！花蕾上的故乡，大雁飞过，菊花插满谁暮年的花发，时间无垠的荒野，拉长了谁无尽的守望?

一朵花就是一座宫殿，一片花瓣就是一面召唤的经幡。深入一朵花的内心，在岁月的脉络里积聚着一个人生命全部的芬芳和眷恋。

我一直认为，每一个游走他乡的人，都是一棵移动的草木，他的树冠高过尘世的头衔，他的声名可以远播千里，而他的根，这灵魂的穴位，却一直固定在故乡的那方水土之上，由故乡汲养着。

生活是一种缺失。一个远离故乡的人，心中始终埋着一种深不见底的隐痛。这种铭心的痛常被缺失的理想碰伤。他在远方挣扎着，用方言和拳头缩短理想与生活的距离。用信仰和力量改变着铅铁一样生硬的目光和感叹。他常常在城市的夜晚，看不见月亮的时候，悄悄用方言发掘出隐埋的疼痛，然后一遍遍默念在地图上不见踪影的故乡的名字，亲人一样熟稔的名字。故乡的地位无法体现在有限的地图上，而故乡的名字却如一坛发酵的酒酿一样藏在心窝。这个时候，一朵开在故乡泥土上的花朵，瞬间就能将他醉倒，一句穿行于故乡的方言迅速就能将他被他乡的钢筋划开的伤口缝合。

那泥土捏就的名字是一根针灸伤痛最好的银针。那细细的尖针，准确无误温柔而又直接地扎入我们的穴位，我们就会明白，当一个人圣母般把故乡供奉在灵魂的殿堂，他将以怎样的风骨在尘世间傲然行走。

生命伊始，一把手术刀剪断了我们与母亲的血肉牵连，脐带断在生命的源头，而骨肉之爱仍在脉管里汩汩流淌。人与故乡也是如此，无论空间距离再远，时间跨度多长，跨越时空连着一根脐带。你的成败荣耀，你的欢笑泪水，都与这根无形的脐带息息相关。

你忘记故乡的时候，故乡一直惦念着。你悄然伤痛的时候，故乡先你而痛。你的一切总会有人在背后关注着。

有个乡亲，自小参军，后来在省城高就，退休后放弃城市的种种优越条件回到故乡，住在泥水斑驳、屋檐上长满荒草的老房子里。他请人用泥土和自家院落里的木头重新修缮老屋。他把自己的退休金捐给村庄，修建了校舍。有的人不解，问他：你那么有钱，何必回到农村受这个苦？你用钢筋水泥重新砌个别墅，那有多舒服。他说：我就喜欢这泥土和木头的味道，这比什么都令人安心。你去闻一闻田野里飘来的那些花香，你就知道自己是多么的年轻，不觉得岁月苍凉。

假日里的一个夜晚曾和老者随意坐在故乡的田埂上就着月光闲聊，他说：一个村庄，只要生活在这块土地上的人有一种爱父母、爱子女，爱故乡的精神，这个村庄的未来肯定不可限量！

是的，村庄是一艘从我们生命源头驶出的大船，历尽岁月的风尘，它总会载着我们回到源头，膜拜自己的土地。这是一生一次的出行，我们可以一无所获回到老地方，但只要有爱，我们就有了一切。回到故乡，我们路上曾经的风光荣耀只是烟尘，太不重要了。

花蕾上的故乡，给种子寻觅安居的胎居，让汗水找到发酵的道路。润雨读懂时间的咆哮，时间跨过一道断桥。把花蕊当作笑脸，纵是失落也能储蓄前行的豪情。把萌动的胚芽当作利箭，再迷离的旅程也了无牵挂。

有时常常在重大节日，在明亮的月光下朝着远方祭拜时，我在思考，一个村庄的一百年，一千年，无非是草木枯荣一百次，一千次，土地翻耕一千次，一万次。那个夜晚可能起风了，可能下雨了，也可能是村庄自己在走动，树木自己在说话。炊烟在村庄的上空袅袅地飘着，颜色各不相同，那家的日子好过，炊烟像个精明的会计，最清楚不过了。在这时间的轮回中，炊烟的起起落落间，究竟流淌着怎样千锤百炼的精神，让生于斯安于斯的人们，有着生生不息的眷恋？

每一只蝴蝶只是一朵花前世的灵魂，它的飞翔是为了找寻最初的家园。总有一天我会回到故乡，在一朵花的穴位里追寻幸福，在一把农具的锋刃下，躺成一垄柔软的泥土，长满花朵，沾着泪水欢笑。

年知乡愁

像一缕风跟随一片云，像一脉溪流怀抱一座山川，像一袅炊烟爱恋一个村庄，像一把稻谷眷恋腥香的泥土，像一杯烈酒缠绵一副心肠，像一挂鞭炮喜庆一个节日，年被一副副吉祥的春联拉出来，在时间醇厚的地窖中发酵成一坛坛芬芳的美酒。

在游子缺席的盛宴上，每一抹清瘦的云都是忧郁的，每一双筷子都是木讷的，每一缕炊烟都是惆怅的，每一个酒杯都是失重的。

高高挂在屋顶上空的大红灯笼是一双深情的双眸，在时空高处守望远走他乡的游子，清点他们挂在脸上的清澈泪水。一副副对联红光满面，幸福地偎依在门框上，那些浓缩希望和祝福的汉字，浑身散发着年味的光芒。母亲斜靠在黄昏巷口的一棵老树上，望断天涯……

年关将近，口袋里的车票像一面风帆，汹涌在胸口的思念载着乡愁这沉沉的航船，在夜幕下披着月色划呀划，驶向梦境深处。

分别只是割断空间距离的河，绝不是割断心灵相约的刀。思乡的泪水被风干成一粒闪着银花的盐，挥手之间的深情一瞥在心灵与故乡的时空间划下一道厚实的弧线，像一座桥，一头连着家园，一头接通乡愁。飘过故乡上空的每一缕云朵，落在大地原野上的每一片雪花，覆盖回家之路的每一层厚霜，都蓄着一股乡愁。南方烟波浩瀚，故乡五谷生香，年来了，游子体内的每一根血脉，都是流向故乡的一条条溪流，所有的忧伤和幸福都发源于一个隆重的节日，给故乡，以及生活在这方土地，从这方土地走出的游子给予的恩典。

覆盖家园的大雪迟早会化去，给游子腾开归心似箭的路径；封锁河流的冰凌也必将散开，为乡愁让出足够通畅的河道；每一个白天，每一个黑夜，高高在上的灯笼不肯合眼，就连在家门口奔跑的牲畜也期待着久别重逢的欣喜。

节日只是披在故乡身上的一件朴素的古典外衣，而情感的所在和连通才是我们行走人生的全部魂魄所在。一个人出生在一个地方是一种命运，而一个人给自己的故乡带来荣耀是一种幸福。你可以忘掉自己在尘世中博得的风光，但不可以忘记故乡的水土赐予你的思想。没有了这些泥土一样朴素的思想，即便你生命的旷野遍地鲜花，那顶多只是一时的绚丽风华，最终成为风尘的一部分，在时间无垠的旷野里飘散消失。而只有在故乡这湿润而又温暖的母体里，我们生命中所有的悲伤快乐才具有这片故土一样的浓厚醇香。

年，不仅仅是一种时间图腾，也不仅仅是一种节日象征，它是时间让我们伸向故乡的一双蕴含巨大力量的温暖手掌，拉近了我们与故乡风物的心灵距离，这手掌就像母亲推进土炕里的一堆炭火，驱散我们漂泊的疲惫，温暖我们一生。

年，像一根时间发出的射线，以故乡为圆点，拉长我们的思念，胃知乡愁，年知乡愁，就让这一串串激情的鞭炮引燃我们积蓄很久的眷恋，就让这一朵朵忧伤的白云，以雾的形式，雪的形式，大气的形式降落在故乡的脊梁上，深入故乡的腹内，把乡愁的种子扎在她宽广、仁慈、博大的胸怀，长成一株大树，生生息息，无论外界的风云有多繁华耀眼，因为“年”的熏陶，脚趾如根，今生今世，再也不肯分开。

一天天一年年都会过去，旧的去新的来，意义却不同。或许，“年”就是乡愁的壳啊，乡愁就是年的魂。有了“年”，游子就有了一种对岁月的浣洗，就有了一种从容而又绵长的呼吸，从容而又幸福的欢笑。

念念小青菜

小青菜，明眸皓齿，茎白得发亮，叶碧绿欲滴，是一块活着的玉，闪亮着玉的品质。我一直认为小青菜是玉的一种，只是这块玉被坦荡的泥土捧在手里，而不是被巍峨的大山像装饰胸针一样挂在胸前。

立冬后，小青菜上市了，如同涉世不深的农家小女子，怯怯地坐上爷爷奶奶的三轮车，一路风尘，怯怯地从乡间挤进城市的菜市场。水灵碧绿的小青菜，以玉的眼光打量城市喧闹而又繁华的街市。城里人的肠胃蓄满了脂肪，如同泥沙淤积的河床，他们多么需要一棵棵清白的小青菜，像一把磨得发亮的铁锹，进入他们的河床，将多余的泥沙一一铲除，让自己欲望的船只能够畅行无阻，油光满面地抵达幸福健康生活的彼岸。

桃红柳绿的季节随大雁远去了，小青菜披着寒风，站在原野上，房前屋后的自留地里，桑田的行间里，一簇簇，一簇簇，挤在一起，仿佛谁说了一个谜语一样，竞相猜测，急于说穿谜底。冬日午后的阳光，薄薄的，懒洋洋地照在菜地里，小青菜从中得到了鼓舞，你看，田野里已经没有其他熟菜为虚弱的冬日撑腰了，只有小青菜恋着脚下的泥土地，绿得一片汪洋，精气神被人们得青睐一下子调动起来了，格外的风光。

这个时候，家家户户的饭桌上少不了那么一盘小青菜，一盆青菜汤，加上几块豆腐，撒上切碎的生姜屑子，绿是绿，白是白，黄是黄，冬日生硬的日子因为这三色的加入，一下子鲜嫩起来。一碗生姜菜汤下肚，肠胃格外暖和，脸上的颜色红润多了，细细的汗珠从额头悄悄冒出，日子竟是那么的惬意。

小青菜，充满了人间烟火的温暖气味。小青菜，这民间的作物，始终和社会下层的人民站在一起，固守着那份泥水深情。它不做作，不显贵，原本是属于泥土的阵线的，是农业这个大家族里极为重要的一员。它上不了华贵餐厅，只在平凡厨房里将凡人的日子调剂得鲜亮、实在、安稳。

当我们下班后拖着疲惫的身躯回到家中，青菜香让你挑剔的味蕾一下子变得乖巧温顺，就那么一棵，足以让你对明天充满绿色的期盼。远走他乡的人，念念小青菜，念念这充满灵性的邻家小妹妹，当青菜的色泽气息瞬间将你的乡愁席卷入故乡的原野时，谁还深情留恋城市那生硬的台阶?

小青菜，小青菜，捧一棵青菜在手，故乡的轮廓渐渐清晰，母亲的容颜忽然美丽，当温柔的炊烟自自家烟囱曼妙升起，还有什么能使我们热泪盈眶?

苹果的诱惑

一

在《圣经·创世纪》中，神吩咐亚当说：“乐园里各样树上的果子，你可以随意吃，只是分别善恶树上的果子，你不可吃，因为你吃的日子必定死。”

七月的阳光给穿过雨润镇刘家村109国道边的果园披上了一层袈裟，金色的阳光落在一垄垄果树上，纵横交错的枝丫将阳光切割成网状，树上的果子你挤我、我挤你簇拥在一根根树枝上，树枝吊弯了腰，力不从心地弓起脊背，在果园里架起一道道小小的彩虹，微风吹来，如荡秋千的猴子。苹果脆亮飘红，有的通红如醉汉，有的红绿交错如即将发育成熟的少年，更多的不是时尚的那种红，也不是塞尚油画里静物那种凝重静穆的红，而是一种瓷器上油光可鉴鲜艳夺目的釉红，有一种钧窑出品的感觉。

很多果树枝丫上吊着一二十个和西北肉包子大小差不多的苹果，这种包子可不是南方婉约袖珍的小笼包，而是西北男人拳头大小的大蒸笼出来的包子。一道道弧线密布在果园里，风吹来，树枝微微摆动，果园里飘来湿润的青草的气息，成熟后自然掉落腐烂掉的苹果带有果酒的味道，果园水沟里的淤泥的泥腥味、昆虫分泌在树叶草叶上清冽的腥味。这是味道的王国，各种味道在湟水河边的果园里融合然后在风中消失。

从109国道南边高高的坡上俯瞰，果园深陷于一种红色绿色橙色的调色板中。七月的阳光和风已经成为一个实力派油画家了，田野是她们的画板，果园是她们最为成熟的作品。

如果你走过果园旁边，你一定会忍不住把目光定格在靠近院墙的果树上，缀满苹果的树枝长到围墙外，苹果自带光芒，有点夸张炫耀，亦有一点挑逗和轻佻，苹果的诱惑，色彩的诱惑，气味的诱惑，组成一个可望而不可即的部落。很惭愧，在那个物质匮乏的二十世纪八十年代末九十年代初，对于苹果的诱惑我是没有丝毫招架之力的。

阻挡我向果园靠近的不是守护果园的人，而是一种鸟。在我们老家这种鸟叫大头雀儿，头顶棕黄色，眼圈略红，肚子呈烟灰色，个头很大，大腹便便如暴发户，翅膀棕黄色，黑黄交错的尾巴一翘一翘的傲慢样子，仿佛刚刚得到了主家赏赐的仆人在展示它过年的礼服。这种鸟天天死守在果园里，从东飞到西，从西飞到东，“喳喳，喳喳，喳喳，喳喳”的叫声像机关枪，每当大头雀鸣叫时它的尾巴一上一下不停地抖动，仿佛扣动机关枪的人在用力扫射。尤其是当有人经过果园的围墙时，它们很警惕地站在果树的最高枝头，面朝路人，发射子弹一般不停地发出“喳喳喳”的聒噪声。这声音难听、刺耳，听得人心烦，让人不由得加快脚步早点逃离果园。等人走远了，这鸟才停止鸣叫，飞到果园大门口的主人房子前邀功请赏。当然，这鸟不是主人家养的，是自然丛林里野生的。也许是时间长了，它和主人之间无形中形成了一种默契，达成了一种彼此依赖的契约。

有了这鸟，果园就有了一种天然的警报器，只要有陌生人经过或者闯入果园，大头雀儿的天眼就会立即启动它的警报系统，只要有一只鸟先叫了，别的鸟仿佛接到了最高长官的指令，争先恐后此起彼伏地叫，形成了一种声音攻势，抗议贸然的闯入者。

二

童年的雨常常会下进中年的梦里。1992年仲夏的一场雨，直到今天，还一直下在我的梦里。那一年我13岁。那一场雨像一根册页的装订线，串起了我苦涩的少年记忆，更像一种成长仪式，让作为乡村少年的我对权势有了最初的启蒙认识。

每年七月，生产队果园里的苹果已经熟了，很多来不及采摘的苹果落下来，掉在果树下的坑里和杂草丛中，过不了一两天，被摔出伤疤的苹果就会成为软体动物和昆虫的宫殿和酒窖。它们爬在苹果上，由外而内吞噬着，仿佛吃苹果是一个盛大的节日和派对，不管蜗牛、蚂蚁还是蜜蜂，统统呼朋唤友，共享风吹落的果实，接受大自然的恩赐。有的苹果腐烂了，流出黏稠的果酱，果酱有一种淡淡的酒味。昆虫们爬在果酱流出来的口子上，再也不肯离开，一枚枚掉在地上的烂苹果，成为一座座奢华糜烂气息的宫殿和酒窖，这是小动物和昆虫们的酒池肉林，夏天是它们漫长而奢靡的盛大节日。

那段计划经济寿终正寝的年代，很少人自己家里有果树。全村所有的果树似乎都集中到了生产队的果园，由村支书和他的家人们负责管理。我们路过果园时，看到刚刚从树梢上被风吹落掉地下的苹果，总是不由得咽口水，四下相望，趁无人之际，踮起脚，猛然用力一跳，双手撑在果园围墙上，把身体悬在墙上，然后膝盖和脚顶住果园的围墙，一点一点蹭到围墙顶上，用力够伸出墙外的苹果。

苹果是一道谜。它披着彩色的云锦绸缎，如植物界的帝王，高高在上，它的香气具有迷惑性，耀眼的金黄色光芒形成汹涌的洪流，裹挟着我生出一种年少而被压抑的欲望：偷苹果！偷苹果！一定要偷一次苹果，一定要寻机到果园里走一遭，尝遍每棵树上最大最好看最好吃的苹果。

现在想起来，这种心理如同三四岁的儿童面对糖果的诱惑所萌生的最本能而又天真的愿望。

清晰地记得那年七月的一个阴雨天的周末，大清早我在巷子里看到无聊瞎转悠的发小。我说我们去大队园子里偷苹果去吧，他很淡定地说反正没事干，那就一起去呀。走到铁路边时天下起了雨，我们开始犹豫了，到底要不要继续实施这个计划？去吧，天下起了雨，闯进果园有难度；不去吧，又抵挡不住苹果的诱惑。

最终我们一致判断，下雨天看守果园的村支书家人警惕性不高，再说看守果园的狗，怕淋到雨，静静地卧在窝里也不愿出来。我们就冒着雨顺着湟水河走到了果园后边。

园里飘着苹果的香味和雨水的清凉。雨滴在树叶上，发出嗒嗒的声音，落在苹果上，如同镜面上凝结的水汽。园子里除了雨声，静悄悄的，往日浮躁叫个不停的大头雀、蚂蚱、蛐蛐，不知躲哪里去了，雨让大自然平静，如同给果园划下了一个休止符，让聒噪的昆虫们收敛它们的浮躁与浅薄，躲起来检点自己往日的不安分。我们忐忑不安地走在果园的围墙外，裤脚早已被草叶上凝结的雨水打湿，但我们仍然决定一意孤行。我们沿着围墙侦察，选择了一堵有稍许豁口的围墙准备翻进去。

雨水早已渗透了围墙上面，围墙上面的夯土因为雨水的浸泡，松软如发酵的酵面，凸起一块块泥包。我先将双手撑在墙头，然后踮起脚用力一跃而起，“哗啦”一声，墙头的泥掉了一块又一块。声音惊动了果园里的大头雀儿，它们轰炸机一样迅速叫了起来，仿佛接到了指令，“喳喳”到了墙头掉落的那一垄果园里。鸟叫声惊动了狗叫声，狗也开始吼叫起来，声如洪钟，在果园里散开来，抵达我们惊弓之鸟的心。我们俩的手上都沾满了红色的泥（青海的很多地方土壤是红色），怕村支书家人听到鸟叫声后发现我们，我们赶紧躲到河畔的柳树后面，等待大头鸟飞走。我们胡乱用手撸起一把把柳叶，很快，柳叶上的雨水可以清洗我们手上的泥，红土泥顺着柳叶往下流，我们一遍遍撸柳叶，三五下，手上的泥被柳叶上的雨水洗净了。

果园里又恢复了平静。我俩屏息静气地躲在柳树后面，心怦怦跳，急促，猛烈，撞击着我们的胸膛。我们面面相觑，不甘就此罢休，仍决定继续执行计划。果园就在咫尺，是做勇士还是懦夫胆小鬼？苹果的诱惑，早已让我们口水泛滥如海，口水一遍遍被咽下去，我们的喉咙抖动着，明显很紧张。我们继续选定在刚才泥墙脱落的豁口翻越过去，墙头的泥早已剥落，裸露出还没有被雨淋透的干墙。

进入果园前，为了获得更多的苹果，我们将旧的发白的T恤束进裤腰里，用裤带勒紧，并极其小心翼翼地如孙悟空踮着脚，轻轻翻进了围墙。选择好就近的苹果树，贪婪地将压弯树枝的苹果一手摘下来，不顾苹果上的雨水，一手揪起T恤的圆领，将苹果放进T恤里，冰凉的雨水触到肚子，丝丝凉意顿如触电一样，但是为了苹果，全然顾不上了。我们摘苹果的时候，眼睛高度集中，一边摘，一边环顾四周是否有人过来。很快几十个苹果被摘进T恤里，我们的肚子鼓鼓囊囊，如孕妇肚子隆起，又如电视剧西游记里的猪八戒一样。T恤早已被苹果上的雨水湿透了，透心凉。我们摘的果子在T恤里已经堆到脖颈处了，正当我决定摘树尖上最后一个果子就准备撤退时，由于用力过猛，树枝被折断后，发出“哗啦”的反弹声。狗警觉地叫了起来，我们仓皇逃离。刚刚爬上墙头，不远处就传来村支书歇斯底里地喊叫声：站住，站住！你往哪逃？给我站住！听见没有？我们越发慌乱，翻越墙头时，从上往下跳，纵身一跃，脚还没有站稳，T恤里的苹果接二连三从脖子的领口一个个飞了出来，滚落在草丛里，滚落进湟水河里。不幸的是，刚从院墙内跳出来，地上的草和泥一滑，我一屁股重重坐在地上，一只鞋子也掉了，支书的叫骂声越来越近，我顾不上屁股摔在地上的疼，将穿了几年已经有破洞的回力牌鞋随便套在脚上，连滚带爬向前方泥泞的沿河路逃窜。

我们脸色蜡黄，一手扶着鼓鼓的肚子，一手压着后腰的简易皮带，防止剧烈跑动，衣服露出来，将里面的苹果全部撒出来，前功尽弃。

我俩抱头鼠窜，在沾满雨水的草丛里跑，边跑边慌乱地看着身后轰炸机一般飞奔而来的村支书。村支书嘴里骂着极其难听而又粗暴肮脏的土话。我们跑得满头大汗，雨水和汗水混合在一起顺着面颊流下来，耳边是风声，田里的麦穗被我们碰的发出“嗦嗦嗦嗦嗦”的声音。我们跑得急，跨越溪沟时，不慎滑倒，重重地一屁股跌坐在溪水边，疼，眼看村支书一张愤怒变形的脸就要追上来了，我顾不上疼，连滚带爬起来，继续往大峡桥的方向逃，跑了一公里多，最后我们实在无路可逃，一个猛子跳进湟水河畔一块洼陷地下面的大坑里躲了起来。我们上气不接下气，汗水早已把衣服湿透了，身上都沾满了泥，那狼狈的样子不亚于如今电视画面里的难民。

村支书气势汹汹地追了上来，他顺着被红泥践踏的草印子，找到了我们。这下他不着急了，因为我们已经无处可逃，成为瓮中之鳖。深坑下面就是湟水河，如果再跑，我们只能跳进河里，我和发小紧紧将身子贴在高高悬起来的田埂的立壁上，吓得屏住呼吸，然而由于剧烈的奔跑，我们根本无法屏住呼吸，只能大口大口地喘气。村支书连珠炮似的粗暴地叫骂着，然后听到他疯狂地扑进油菜花田里。七月，老家的油菜花才凋谢，结起菜籽，油菜杆已经长硬朗结实了。我听到一阵疾风从头顶呼啸着刮下来，突然，一下又一下的沾满泥的油菜根重重地打在我们头皮上，瞬间，疼痛不已。我们将双手抱在头顶，村支书用力且决绝地一下又一下用油菜秆的根击打我们，我们的头仿佛成为他打击乐的鼓面。我们的手上，头发上，脸上全是油菜杆子击打头部后抖落的泥沙、残落的油菜花籽、被打烂的油菜馃子和雨水污泥。

村支书气急败坏地站在田埂上，高高在上，一如他平时在村里挺着腰杆发号施令的做派。他不停地咒骂我们，命令我们立即爬上来接受惩罚。我们唯唯诺诺不敢上去，他又发动了新一轮的打击攻势，一会儿，我们的头皮被打出了几个大疙瘩。看我们还不上去，他再次发起了新一轮打击和咒骂。菜杆子打断了一根，他又气急败坏地从田里拔起一根接着打，用力稳准狠，我俩被打得实在受不了了，只好如惊弓之鸟乖乖爬上去，接受他残酷的惩罚。

他命令我们在雨中站好，难听的话从他嘴里如机关枪的子弹一样射出来，射向我和发小。他让我们俩走在前面，他跟在后面，押解犯人一样。田野上空是他的咒骂声，我们耷拉着头，屈辱的泪水在眼里喷涌而出，如决堤的河水。

雨停了，乌云慢慢退去，阳光洒下来解救我们。一路上他不停地数落我们，走到果园门口的时候，他也骂累了，坐在门口的木椅子上，跷起二郎腿，点上一根烟，眯起眼，深深地吸了一口，然后贪婪而又很享受地吐出来，脸上露出得意而狡黠的笑说："把果子统统给我放果园门口篮子里，下次再来偷果子，你们给我小心点，老子要打断你们的狗腿。"

我们无比沮丧而又极不情愿地将苹果从T恤里掏出来放进了果园门口的篮子里。就这样，带着我们体温，见证我们屈辱的苹果和我们划清了界限，去安慰另一张嘴去了。

一次惊心动魄的偷苹果以失败而告终，我们口干舌燥，嗓子里几乎要冒火，如战败的士兵，吞下屈辱，吞下难言的酸涩，一路无言，踩着泥泞回了家。那一段路，是那么漫长，仿佛一种命运，满心欢喜地去冒险了，到头来，收获的只是无奈落魄。另一个念头迅即在心里萌生，当我们长大了，一定要强大起来，起码要混得比村支书还牛，也要让他感受一下我们曾经的遭遇，把他给我们的暴力和屈辱全让他加倍领回去，并让他给我们求饶。

三

美国作家亨利·戴维·梭罗在《苹果树的历史》一文里曾经说过："苹果花也许是所有树当中开得最好看的，与其嗅觉效果相得益彰。要是见到一棵不同凡响的苹果树，花苞绽放了大半，香味氤氲，恰到好处，路人不免会被它勾住脚步。这是多么卓尔超然，梨树在它面前将尽失花容。"

苹果花掉落，意味着苹果的发育成长，也意味着我们的蜕变和成长。

那段时间初中的校园里疯狂流行着郑智化的歌曲和席慕蓉的作品，席慕蓉诗歌《禅意·二》中有一段话我刻骨铭心，她是这样写的：

生命原是要不断地受伤和不断地复原，
世界仍然是一个
在温柔地等待着我成熟的果园。
天　这样蓝，
树　这样绿，
生活　原来可以这样的安宁和美丽。

这段话，像一道闪电，划开我苦闷的花季星空，原来文学竟然可以这么令人沉溺，这么慰藉人心。村支书的暴力，不就是我们成长蜕变的催化剂吗？

郑智化沙哑的歌声在《水手》中唱道：他说风雨中这点痛算什么，擦干泪不要哭，至少我们还有梦。他说风雨中这点痛算什么，擦干泪不要问，为什么。

是啊，不要问为什么。一切总会在时间中找到答案，一切都会在岁月中得到和解，一切都会在衰老的光阴里得到谅解。

多年以后，我离开了故乡到江苏谋生定居。奇怪的是，我现在常常做梦，经常会梦见少年时村里的果园。梦醒以后，倍感惆怅。时间，让我懂得了和解。我没有了恨意，如果我是村支书，或许当初我也会像他那样，以暴力制服不好学上进的顽劣少年。

现在我每年过年回家探亲，黄昏的时候，我喜欢一个人沿着湟水河散步。当初的果园，有一部分已经被公路扩建占用了，很多果树早已不知影踪。苹果花早已凋谢，果园已经衰老荒芜了，昔日的光景已风干为对往事的回忆。有的老果树被连根拔起横七竖八地撂在长满杂草的地里，枯干的身躯如战场上阵亡的士兵，布满巨大裂纹的干树皮如一道道无法愈合的伤口，在湟水河岸边的凛冽寒风里诉说着往日的荣耀和繁花。荒草萋萋，占领着冬日没有一点绿色的高原，偶有鸟雀和野鸭飞过，给这寂寥枯竭的果园一丝波动。

果园的荒芜犹如一个空壳，所有的往事飘逝在风中，而这个地界如一个界碑，一直矗立在我的生命原野。

探亲的那段时间，我经常一个人走街串巷，看看曾经走过的路和田野。有时候大老远看见蹲在村口小卖部打扑克牌娱乐的村支书我就掏出好烟恭恭敬敬地发给他抽。他看着十分苍老了，两鬓生满白发，俨然一个近70岁的老人。

他不当支书也快20年了。当他笑着接过我递给他香烟的那一刻，我想，他肯定忘了20多年前那个阴雨天的上午究竟发生了什么。

鸡鸣，黎明的诗篇

凌晨五点醒来，天没有亮，五点二十分听到从前面巷子里传来一声声鸡鸣。我特别兴奋激动，我这是多久没有听到鸡鸣了？起码有20年了吧？鸡鸣持续，这乡村独有的声音，给人以精神，让我在世俗生活中麻木的心复归于自然。如果说狗是乡村宁静秩序的侍卫，那么鸡则是黎明的接生婆。在很多梦境还没有揭开之前，鸡鸣掠过院落，高过屋顶，飘过高高的白杨树，上升上升再上升，唤醒天空的云朵，擦亮星星的眼睛，去唤醒太阳从远方跋山涉水赶来，接受乡村静谧的邀约。

我们的星球是一家旅社，太阳是一个不知疲倦的房客，月亮渐渐退去，鸡鸣抵达黎明前黑夜最稀薄的那一层，敲开脆弱的门，摇摇睡眼惺忪的太阳说：客官，快醒醒，快醒醒，该上路了。

鸡鸣，护卫着我们的童年梦境。有乡村生活经历的人，谁不是在鸡鸣狗吠声中长大的？每一个故乡都在沦陷，每一个故乡的秩序都在被网络、商业、机器、工业、信息技术、城镇化战略篡改重建再塑。随着农村的日渐城镇化，农村田地的减少随之带来牛、马、羊、驴等饲养量的减少甚至消失。只有鸡鸣，如一道夜晚的金光，镶嵌在乡村纷繁的梦境里，挽歌一般守着乡村最后的诗篇。

如何留住我们的初心？如何留住一个乡村的初心？这是一个个极其现实而又深刻的时代命题。我无意讴歌田园牧歌式的乡村生活，那是一种虚伪，也是一种耻辱，我是我故乡的叛徒，我也是我故乡的心腹。

福克纳在谈到自己的写作时曾说，“从《沙多里斯》开始，我发现我那邮票般大小的故土很值得写，而且不论我多长寿也不可能把它写完”。马尔克斯有他的马孔多小镇，毕飞宇有他的王家庄，苏童有他的香椿树街，格非有他的花家舍，鲁敏有她的东坝。一个远离故乡的人都在纸上构建着他精神的乌托邦和故乡，每一个人的故乡都是他的《百年孤独》。新的变革时代，我们该怎样认识这一天天被整容的乡村？

昨天黄昏时分，我一个人到湟水河边散步，在村口遇到几个人，他们问我去哪里？我说去河边转转，他们说那有什么好转的，没意思啊。他们每天都在村子里，这是一种审美疲劳，他们眼里的没意思就是我的意义所在。他们的认识没有错，我的认识也没有错。我是从一个旁观者身份去认识自己的故乡，认识它由外而内日益被篡改的形象。

鸡鸣只持续了不到半小时就恢复了平静。我难以入眠，觉得这久违的鸡鸣于我而言，就是一种针灸疗法，找准我麻木的穴位。在美好事物面前，现代人已经蔓生出很多死穴，我们热衷于消费享受、物质刺激、网络沉溺、技术产品，而对美对诗性麻木、倦怠。越来越多的人沉溺于手机屏幕上的快手、抖音、游戏，以秒计算着视觉和心理的快感，谁会对一声声鸡鸣保持敬意与谦卑？

位于西北的故乡和南方新民的时差有两个小时。早晨六点多村庄还沉浸在黏稠如墨汁的夜色中。天地静穆，片刻又传来鸡鸣，有些军歌嘹亮的色彩。这真是一个奇怪的现象，我特意看了一下时间，鸡鸣的间隔时间在30到40分钟左右。仅以我的还算富裕的故乡为例，马牛羊基本消失，炊烟已完全消失。如果有一天村庄里没有鸡鸣，谁来给我们消失的故乡哀悼？

想起一首叫《鸡鸣》的诗："鸡既鸣矣，朝既盈矣。匪鸡则鸣，苍蝇之声。东方明矣，朝既昌矣。匪东方则明，月出之光。虫飞薨薨，甘与子同梦。会且归矣，无庶予子憎。"尽管对这首诗后人们有不同的解读，但是在故乡的黑夜里早早醒来，躺在床上听着鸡鸣，再联想到其中的诗句，真是再妙不过，真是天人合一，天机不可泄露啊。

苍穹之下，鸡鸣嘹亮。朝阳是旗帜，村庄里散落在鸡舍里的鸡散兵游勇，它们散落在不同角落，为黎明升旗，这民间的旗手组成护卫队，拒绝浅薄的抒情，它们忠于职守，它们的美德常常令我汗颜。

这些鸡就活动在院落里、柴垛下、草垛旁或者门口的田园树林里，享受土地赐予的恩泽。梭罗说，"土地道德是要把人类在共同体中以征服者的面目出现的角色，变成这个共同体平等的一员和公民。它暗含着对每个成员的尊敬，也包括对这个共同体本身的尊敬"。春、夏、秋三个季节，鸡吃的就是纯天然的虫子，到了冬天，就吃一些主人的残羹冷炙，糠麸烂菜叶。它们落在生活的最低处，接受最低的回报，却报世界以歌，它们对土地乃至人类的要求甚少，随遇而安，鸡的美德令人肃然起敬。

黑夜里的沉寂是为了黎明前的修行禅定。这黎明前的诗篇，捍卫着村庄的诗性。有鸡鸣在，就有诗和美存在。

掌心里的故乡

每个人的手掌都是一片土地，这片土地里住着宁静的故乡。掌心里的纹路就是回家的路，它把最遥远的距离变成最近的牵挂。在时间无垠的荒野里，风雪可以封锁我们的脚步，雨雾可以遮挡我们视野，冰霜可以降低我们的体温，可是掌心里的故乡，如捧在雪夜里的一盏灯，燃烧着明亮着温暖着。

多年来，我始终对故乡怀有一种浓厚的宗教情结，在传统的重大节日里净手、焚香，以静默的怀想朝拜，用最朴素的文字感恩故乡的恩赐。常常在夜里，皓月当空，星辰无眠，一个人静静地坐在城市的阳台上，故乡的轮廓沐浴着月色，在脑海中清晰起来。这种情感是多元的，又是单一的，是抽象的，也是具体的。抽象如一抹浩渺淡云，具体如一缕轻柔炊烟。我始终认为，爱故乡是一个人最基本的修养，因为故乡本身就是我们的一种情感信仰。一个人可以仰仗人力在尘世中获得名声、地位、财富和权势，可是背叛了故乡，他的情感只是一个架在树枝上的空巢，空巢里那垫底的丝麻烂叶再也触摸不到故乡的温暖和厚重了。

我们生命的第一声哭泣，就与故乡建立了一种血肉联系；生命的最后一滴泪水凝结成一粒盐，被故乡仁慈地收藏于脚下的土地。一个心中没有爱的人是流不出真诚的泪水的，一个不曾体会故乡的变迁带来的疼痛和感伤的人，他永远无法体悟乡愁的温暖。

每个人的体内有一个情感雷达，我们对故乡情感的深厚与否全被这个雷达测应到故乡。人生路上，你有了甜蜜幸福最先想传达的肯定是故乡的人。或许这种测应被一只大雁背在翅膀上卸载到故乡的屋檐；或许这种眷恋被一股穿越时空的大风反馈到故乡的山川河流；或许这种疼痛被从你脚下流过的河流带到远方，最终以大气的形式降落到你生命的发源地，故乡。因为你的牵念和甜蜜感伤，故乡的草木在春天以花朵的形式热烈地灿烂一回，在秋天以静默的落叶融入故土。

世间有那么多的路，有的路错综复杂，走过了一生再也不会去走了；有的路千回百转，路过了也就忘了；有的路风光无限，但我们没有多少情感寄托；有的路仅仅是短短的一段距离，以厘米、毫米计算，但与自己的故乡有着血肉关联，足以让我们梦魂牵绕，这条路伴随我们一生，犹如自己掌心的纹路。

故乡如佛，尽在掌心，拢起来的手掌就是一座莲花殿堂啊，真情如蕊，款款绽放，缕缕泥香，萦绕胸腔；思念就如荷底清风，明媚生辉，心灵每一个细小褶皱的部位溢满清香。

迢迢回家路，拳拳赤子心。因为故乡住在你的掌心，被你温暖的手一直握着，即便疲惫之际有泪可挥，但不觉悲凉。

掌心里的故乡啊，那神圣的心灵殿堂；我们就这么远行啊，每一次忧伤回头，总是母亲深情的脸庞。

那些在风中渐渐消失的美感

我是那雨后最初的丁香/在她不经意时开放/守候着每个黎明和夜晚/只为她经过瞬间/你远远地为她开放/在每个夜里/在梦里她可曾感到/你的忧伤/你远远地为她开放在/每个夜里/在梦里她可曾感到/你因为她而恐慌

——许巍《丁香》

总有一些美感，花瓣一样绽放在我们青春的河流的两岸。总有一些往事，尘埃一样飘散在我们人生的四周。总有一些季节，诗歌一样点亮我们孤单的身影。总有一些歌声，露水一样清澈在我们心底的每个晨昏。

在悠远的时空里，宿命中无常的变迁令这些美感零落成泥尘和秋风，我们一路前行，脚下翻滚起新的烟尘，而故去的脚步，被时间的风吹散，飘向远方，消失在生命旷野不知名的角落。我不知道，有什么力量能让这些生命中的往昔美好如初。

十六年前，每年到了暑假，我都要到外婆家。外婆门前有一个果园，园子里有很多水果。瓜果成熟的时候，我每天都在果园里摘杏子。园子里的许多杏树枝丫长到了与外婆家一墙之隔的邻居家。每当我在树上摘杏子的时候，我常常会看见邻居家院子里看书唱歌的女孩。我屏住呼吸，静静地爬在树上看着她，风来了，熟透的杏子簌簌掉下，落在地上的声音惊动了她。她看到我在听她唱歌，羞涩地低下头，像一朵微风过后的荷花。片刻，她又迅速地抬头，对着我微笑。木讷的我紧张得几乎要掉下去，风吹着，我随着树干晃动。

“抓紧，小心掉下来。”是她在提醒我。一句话，让年少的我，心窝里掀起幸福的美丽涟漪。

仓皇的我，头上冒汗。将手中篮子里的杏子，一颗颗扔给她。她仰着头，露出秀颀的脖颈，蔚蓝的天空下，她的白裙子随风飘荡，她多像一只白天鹅啊。她小心地捧起手掌，站在树荫下，一个个接住我轻轻扔给她的杏子。她黝黑的羊角辫子一晃一晃，闪闪发亮。我爬在树上失神地俯视捧着杏子含笑的她。她露出洁白的牙齿，笑着，慢慢地说“够了，够了，你小心点，不要掉下来”。飘着果香的园子里，我的心如同熟透的杏子，甜蜜从骨子里瞬间涌上来，我想说点什么，可是我的喉咙似乎被堵塞了，尽管刚刚吃了杏子，但仍觉干涸。突然，我有一种想哭的感觉。

我低下头，逃回了外婆家。

那天晚上我失眠了，脑子里全是她梨花一样灿烂的笑容，闪闪发亮的羊角辫，干净绣着花边的裙子。记得那时候好像电视里放着风靡一时的连续剧《上海滩》，她不就是那个美丽女主角冯程程吗？

整个晚上，我一直把她想象成冯程程，巴望着天早点亮，亮了我可以一大早爬上树，给她摘杏子。

第二天一大早，我要早早地爬上树摘杏子，外婆说，一大早空腹吃杏子会害肚子的。我说，我不想吃早饭，就想吃杏子。外婆给我找来扶梯让我上了树。我故意装作摘杏，等外婆进了家门，我赶紧看她家园子里她有没有出来。没看到她的身影，我无心再摘杏子，失魂落魄地走到她家门前，看到大门紧锁，我落寞地回到外婆家，跟着外公到河滩给牲口割草。割草时，我满脑子全是她，锋利的镰刀刃割破了我的手指，血涌了出来，我背过身，浅浅地舔了一口，是涩的，热热的。我很自我地想，如果她看到了会不会问："疼吗？看你多大意。"直觉告诉我，她肯定会用手绢给我包扎伤口。

后来，我们互相熟悉起来，再后来，我们每天和她弟弟、妹妹在树荫下一起分享杏子，一起读书、玩游戏，谈学校里的趣事，谈学业上的烦恼和年少的理想。那是多么幸福美好的时光啊，懵懂的情感如同那青涩相间的杏子，闪着它的光芒，而我年少的心被这光芒诱惑，日升日落，花开花谢，每天心里装满了对她的美好记忆。那时候想，杏树上的杏再香，也香不过坐在她身边聊天时她身上发出的淡淡的雪花膏香；祁连山上的雪再白，也白不过她牙齿那让人过目难忘的白；春天果园里的梨花再美，也美不过她让人心颤的笑脸。

当树上的杏子熟得风一吹就像雨点一样就能落下的时候，暑假很快就要过去了，我要离开她回到十里外的村庄，我怀着满腹的惆怅离开了外婆家。她是我针尖上的蜜，让疼痛与甜蜜彼此缠绕，让时光变得脆弱、透明如瓷。

我们拉钩相约着明年暑假再见，不见不散。

第二年，当果园里的杏子成熟的时候，厌恶学习的我像一只在枯燥的河流中泅渡了很久的水手，嗅着杏香踏上了靠岸的心路。暑假来了，家里的自行车坏了，我步行着再次踏上去往外婆家的路，走向果园里的幸福时光。当我抵达她家门口时，十多里的路让我的脚下早已起了水泡。一把生锈的铁锁紧紧锁住了她家的庭院。寂寞庭院锁清秋，人去屋空，我不知道，一座庭院的寂寞是不是我年少的寂寞。我爬上杏树，她家的园子里许多东西搬走了，庭院里长满了荒草，荒草萋萋，几只鸟儿在她家的屋檐下飞来飞去，眷恋着旧时光的气息。风吹落的杏子，掉在地上，伤痕累累，溢出金黄的果肉，有的已经风干了，有的已经发霉了。

眼前的情景，让我一颗丰盈思念的心，一下子变成一口枯井，空音悠悠，故人不在，一衰烟草怨春去。泪水缓缓地涌上来，珠子一样落在我洗得发白的旧T恤上。

我委婉地问外婆，她们到哪里去了，外婆说，他父亲到乐都县城上班一年多了，她们姊妹全部转学到县城的学校读书去了。外婆的话，让我的泪腺一下子决了堤。我的心，像一只被风吹断的风筝，飞到了那个在我眼里很广阔的世界。她成了城里人了，而我还是一个在泥土地上憧憬未来的乡村少年。我在想，在那个水泥筑就的世界里，还会有人给她一颗一颗摘杏子吗？还会有人捧着满手的杏香，羞涩地望着她那梨花般的笑脸吗？

分离是一条河流，当划过心河的船只远去，当城乡的船闸割断年少的守望，谁还会为远去的从前回首？

后来，我给她写过一封信，邮寄过一张两毛钱的贺卡。信发出以后，我没有收到她的任何回音。再后来，我到县城读高中，我们失去了联系。

那一年你正年轻/觉得明天肯定会很美/那理想世界就像一道光芒/在你心里闪耀着/怎能就让这不停燃烧的心/就这样耗尽消失在平庸里/你决定上路/就离开这城市/离开你深爱多年的姑娘

——许巍《那一年》

20岁那年，我去了西安上大学，毕业后我到了繁华的南方都市工作、结婚、生子，我们彻底失去了联系，偶尔，她会像天边的一片云，飘进我的梦境，经历了太多的人世繁华，我不再像年少时那么痴狂。我在一个个孤单的夜晚，用文字支撑自己的理想和未来。日复一日，年复一年，我打电话回去，外婆家的那几棵杏树已经老去，苍老得犹如一幅斑驳的油画，外婆也去了遥远的天国。偶尔，我翻出外婆给我亲手绣的鞋垫，会想起那段光阴，偶尔我也会为往事掉泪。

三年前，我从南方回家探亲。表哥告诉我，她从技校毕业后和表哥在一个厂里上班。厂子红火的时候，有很多青年暗恋、追求她。现在来这个厂子几乎要倒闭，大家正为此发愁。

我听了，心里酸酸的，远去的从前，又在记忆里鲜活起来。

重复的每一天/每一年/我带着所有幻想和期盼/在遥远的天边/我看见/阳光曾带走衰老的今天/又一个欲望悄然生长的夜晚/让我沉重又茫然

——许巍《树》

不久前，她远在牡丹江工作的弟弟搜索故乡时，无意中找到了我的博客，通过博客找到了我的联系方式，然后告诉了他姐姐，就这样我们联系上了。我们聊了很多往事。让我惊讶的是，她竟然还记着多年前我写的牛皮纸信封，她记得我的作文曾经拿过满分，她记得我给她教“尕”字的写法，她还知道我父母的现在的境况和儿女的努力带来的种种荣耀。更让我意想不到的是五年前我出第一本书的时候，她专门托密友到省城西宁的书店买了我的书。她早已对我书中的许多内容烂熟于心、信手拈来。我生活和写作上取得的每一点成绩，我给父母亲经常汇去的生活费都成为她教育弟弟的示范。她还知道我许多许多的事情，我不知道她是通过什么途径打听到的。

我们交流时，她多次流露出对命运的感慨、不自信。大多是说我命好，她的命不好之类的悲观和随遇而安。让我沉重的是，她说三年前她看到了我回家乡探亲时穿着黑色风衣在大街上和同学们在酒店门前意气风发聊天聚会，她当时没敢说话，也没有好意思上前跟我打招呼。我不知道，她是因为女性的矜持还是因为生活境遇的滑坡没有和我打招呼，我也不知道，她是因为时空距离的隔阂还是地域之间繁华与落后的悬殊差距而没有勇气和我攀谈。

她说她现在是下岗工人，在某个部门干接线员的工作，为了生活的成本和增强孩子的吃苦意识，她把5岁的孩子放到了农村，同事们都笑她傻。说这话的时候，她很坦率，没有丝毫的虚荣和做作。

她用了很多方言里的形容词来夸奖我。她说她羡慕我女儿和我今天的幸福生活，她说她会努力让儿子以后到更大的地方去上学、工作。她的口气里始终流露着一股感伤。我在她的网络空间里看到了她和她儿子的照片。她们母子过时的装束以及脸上典型的高原红，让我只能用“淳朴”这个词来形容了。

我的心微微作疼，我不知道该怎样表达无常的人生给我的悲凉感慨。人生若只如初见，何事秋风悲画扇。我悲的不是我们之间距离的遥远，也不是岁月的风霜让人生苍凉的心态改变，而是曾经在秋风吹拂下我们如花笑脸里洋溢的纯真、无邪因为生活最本质、残酷的一面，一点一点凋零、褪色。时间有时候会让人怀疑过去，力不从心的生活也常常让人在尘世面前变得不自信。

在阳光温暖的春天/走在这城市的人群中/在不知不觉的一瞬间/又想起你/你是记忆中最美的春天/是我难以再回去的昨天/你像鲜花那样的绽放/让我心动

也许就在这一瞬间/你的笑容依然如晚霞般/在川流不息的时光中/神采飞扬

——许巍《时光》

从世俗意义上讲，在这个以数字的多少、物质的寡多、职位的高低、消费的大小来衡量幸福指数的时代，物质的匮乏、精神的困顿、区域环境的差异、人生境遇的不同常常会让我们心底的那些自尊、自信土崩瓦解。我心里难过起来，这就是少年时代，那个以她风铃般美妙的歌声夜夜进入我梦想的白天鹅吗？这就是让那个卑微的乡下少年梦想着天天和她一起在杏树下分享那些青涩相间果实的纯真少女吗？这就是那个眼神里盛着无邪和天真，整天笑语盈盈的快乐天使吗？

当我们在时光中转身，蓦然回首，在青春的岁月里，你所标记过的那些花瓣一样在时空深处兀自绽放着的美感，早已消失在风中。生命画板上那些优美的线条早已变得粗砾，那些或优雅或朴素的颜色也渐渐消失，那些曾经映照你年少心灵的容颜已经被岁月无常的风霜漂洗得苍老失色。

时间仿佛一把刀，一点一点，将你生命之树上的美感凿剔得只剩下粗犷的枝干，孤独的空巢，缩水的果实。最美的季节里，最美的花瓣，最甜的果实，已成为风落之果，成为大树下泥土的一部分。岁月留给我们的是一声声或长或短的叹息。时间已经悄然摧毁了我们对生命最初认知的美感，当你因此感伤时，你的额头上也悄然多了几道皱纹，你曾经葱茏的一头青丝已经有了华发。

我知道，那些在岁月长风里渐渐消失的美感，一如你我的从前和昨天的疼痛。当有一天我们老去，有限的光阴因为这些美感的流连而变得无限广阔和格外珍贵。我更知道，经历了人生百态世间的繁华，我们心底总有这样一句声音：“心中那自由的世界，如此地清澈高远，盛开着永不凋零，蓝莲花……”

活着的祖先

祖先的坟静静地卧在山坡上、河滩旁，飞鸟从旁边飞过，翅膀划过气流的声音，他们听不见；白云从头顶掠过，向大地微笑致意，表达最纯洁的问候，他们看不见；风在草尖上奔跑，脚步轻柔，仪态万方，他们感受不到。野花藏在草丛间悄悄私语，释放出一缕淡淡的芬芳，他们闻不到。

祖先是寂寞的。陪伴他们的只有山顶上一两棵孤零零因为缺水几近枯萎的树，一群自在而又容易受惊吓的鸟，一丛丛默默生长在山坡上守望岁月枯荣的野草，还有河滩里仰望天宇星辰深沉得像哲学老师的石头。

祖先们活着的时候，彼此牵连在血缘的纽带下，像一棵藤蔓上的瓜，沿着家族的根系，分享不同屋檐下有着相同温度的阳光，也承担着屋檐外不同方向吹来的风风雨雨。他们曾经荣耀，也曾经坎坷，曾经争斗，也曾经和睦。他们老了，累了，病了，一个个最后或安顺或无奈地辞别人世，谁也没能走出生命无常，枯荣自守，顺道而去的宿命。

一个人走了，一曲曲悲凉的唢呐在黄昏中响起，送别的鞭炮划破村庄的上空，悲切的哭泣抽噎在巷子里迂回，浩浩荡荡的队伍为他们送行。祖先们走了，从此，家族的家谱上多了一个亡者的姓名以及他在村庄里的功过口碑。从此，家族的饭桌上少了一副碗筷和一串串断断续续的咳嗽。从此，村庄的土地上，少了一个俯向大地劳作的身影。

他们走了，把所有的恩怨情仇、风光荣辱全部带到了土里，带进时间深处，最终成为泥土的一部分，大地的一部分。生前的种种如意、是非、斗争和计较，统统化为尘埃，化为子孙后代奠念他们时的一把把香火、一场场祭祀。

在传统的节日里，尤其是家族里举办红白喜事的时候，当后代们把一炷炷香裱在坟前点燃，当一缕缕青烟从坟茔升起，一滴滴酒水、奠茶瞬间渗入泥土，一张张燃尽的纸灰随风飘远，当感恩的叩拜、祈求风调雨顺人丁兴旺的祷词自心间涌起，好像祖先们真的能听到这些祈求，帮助这些后代实现诉求。

一系列奠祭仪式结束后，子孙的身影消失在山谷里，消失在田间地头，祖先们思谋着，以何种方式沿着子孙白天留下的脚印回家。白天，祖先们幻化为一只鸟，回到曾经的家门前，站在高高的大树上，俯视曾经居住了一辈子的房子，哪里少了一片瓦，哪里多了一块砖；晚上，祖先们幻化成一阵风，趁着夜色，潜入依旧留有自己气息的院落里，抚摸曾经烙有自己掌纹的农具，哪里多了一片锈，哪里多了一个豁口，心微微作疼，可惜了这些好家当啊。趁着后代们熟睡的时候，悄悄从窗缝里潜入粮仓，巡视粮仓是否盈实。清晨，当晨曦穿过林梢，洒在庭院里，他们已经把每一个角角落落看了个遍，当看到一处处变化以实物的形式呈现生活逐渐美好的样子，他们方才安心离去。

祖先们把梦托给飞鸟，飞鸟飞到各个家族的屋檐下，洞察各个家族的变化，谁家娶了新媳妇，谁家添了一口人，谁家的孩子当兵立了功，谁家得了孙子孙女，谁家的孩子上了大学，谁家新砌了房子。对这些消息，这不见影踪的鸟儿明察秋毫，纷纷把这些消息统统带到祖先的坟茔前，在寂静的夜晚，在星光月光下，与祖先拉家常，话桑麻。

第二天早上，当准备下地干活的后代们握起农具时，才发现，手中的农具不再是以前的样子，比以前轻巧顺手多了，他们会惊诧的疑问：咦，这究竟是怎么回事？怎么一夜之间都变了呢？

这些年来，随着人生境遇的变化，每逢重大传统节日的夜晚，我常常独坐一隅，想想祖先，反思这古老国度里久远的名词所蕴含的一切。我在南方，手中没有农具，我打交道最多的不是铁锹镰刀，也不是犁铧耱耙，而是键盘鼠标。我的祖先不可能幻化成风抚摸他的后代所使用的现代科技设备，也不可能幻化成鸟来我家的阳台看我的粮仓（城市的封闭阳台没有鸟雀立足的温暖巢穴，我没有粮仓，没有米缸）。

晚上，我在小区的门口趁着无人的时候，默默焚香，遥望远在西北高原的山岗，我看不到祖先的坟茔，以遥寄思念的方式，寄托某种个人的、家庭的祈祷。尽管一座座在山坡上凸起的坟头，像一个个极其醒目的标点，把祖先和我阻隔在南北两方阴阳两界，一方沉寂荒凉，一方喧闹繁华，我一直觉得祖先并没有远离我们。他们如同脚下一粒粒泥沙，翻滚着，流淌着，途经他曾经走过的田间小路，流进他们曾经含辛茹苦劳动过的麦田，以他们灵魂的磷、腐朽肉体的肥，滋养生于斯安于斯的土地、河流、山川。由远而近，从西北到南方，把这种磷光传递给南方的我，支撑我淡薄的梦境。

我想，祖先是一种力，一种精神，一种文化，在我们脚下广阔的土地上的传递、传承、延续，在我们的血管里流淌。前不久，我从南方回到西北的老家探亲，假期结束后，我特意带上祭祀用品，到祖先的坟上烧纸。按照家乡的那一套祭祀方式，我先在坟的后土上点纸、奠酒，再在坟的前土上焚香磕头。简短的仪式结束后，我坐在坟前的一道田埂上，静静地看着香火缭绕四散。坟头上一棵棵枸杞树蓬勃如华盖，挂满了红红的果实，这串串枸杞像一盏盏小小的红灯笼，莫不是它们在每个夜晚悄然亮起，给潜入村庄的祖先们照明？架在枸杞树上的鸟巢偶有鸟雀飞来飞去，是不是为了慰藉地下的祖先，在这远山远野间，还有家的气息？那叶齿锋利俗名叫冰草的青草，长得茂盛无比，很容易让人想起影视作品中那些守护要地的卫士，个个英姿飒爽，士气十足。难道它们也在冥冥之中听从祖先的召唤，护佑祖先在大地上永久的家园？

我们的祖先以生命的另一种方式存活着，成为大地的一部分，他们所蕴含的精、气、神滋养着一个家族的气场和人脉，滋养着我这个远离故乡的后代以文字为脊梁，支撑生命的走向。

小小的坟头是一个个路标，祖先在那头，我在这头。他们是我生命的源头，我是一条游走远方的支流。一路上人世繁华过眼，尘世功名牵绊。当一切归于沉寂，生命融入泥土，相对于安详的大地，生命的得失算得了什么？

祖先已经不在世了，但那一抔抔黄土垒就的坟头，如同静放在大地上的一部久远发黄的教科书，让我在尘世繁华名利间有了些许淡然。

第四辑

余生漫漫长长

在时间面前，一切风光都是一晌云烟，谁也不是时间的对手，

所有的风光都是时间的败兵。

橘子酸，橘子甜

冬天的时候，母亲生病了，城里的一个亲戚拎着一兜橘子来看望。物资匮乏的年代，对于乡下的孩子而言，能吃到一颗水果糖就已经幸福得流蜜了，如果能吃到甜甜的橘子，那更无异于过一场盛大隆重的节日。

二十年过去了，我仍然记得那一幕。

亲戚走后，睡在床上的母亲让哥哥拿来那一兜橘子。我知道，她要给我们姊妹分橘子。人小心大，排行最小的我，贪婪地盯着那盘放在瓷碟子里的橘子，昏暗的灯光下，橘子好似光芒四射，引诱得我口水一阵阵在胃里翻江倒海。我是多么希望母亲把那最大的橘子给我啊。我用舌头舔着因为冬季干燥而起皮的嘴唇，一会儿望着橘子，一会儿望着母亲，祈求的眼神如丝一样，越扯越长。

母亲慈爱地摸摸我的后脑勺，给了我一个很小的橘子。我小心翼翼地接过橘子，委屈的眼泪掉了下来，我是多么希望得到一个很大的橘子啊。我没有立即吃掉那个橘子，我想把它带到学校。晚上睡觉时我把橘子紧紧地攥在手心，舔着冰凉的橘子皮，不知不觉睡着了。

那时候上学很早，天还没有亮就要早早起床到学校。没有人给我们煮早饭，我们的早饭就是两个放在蒸笼里的馒头。厨房里的灯坏了，在黑暗中我将手伸进蒸笼，我摸到的不是柔软的馒头，而是一个冰凉的大橘子！这让我无比欣喜，我想是母亲特意给我们留的带到学校吃的，我将手又伸到里边，摸到的是一个小橘子，再摸，是一个馒头。拿大橘子还是小橘子，我犹豫不决。在姊妹当中我的地位并不高，学习并不好，大橘子肯定是留给经常帮着干家务活，学习成绩特别好的姐姐吃的。内心的贪婪却使我将大橘子装进书包。

在课堂上我无心听老师讲课，满脑子全是诱人的橘子的味道，我盼望着早点下课，心里默默数数，一秒、两秒，数到六十秒，又从一秒重新数到六十秒，周而复始，以此计算下课的时间。愣愣怔怔中那只橘子如同长上翅膀的燕子，飞向我空洞的胃部。

终于等到下课了，我迫不及待地拿出那个橘子，躲到无人的角落，像科学家从显微镜审视肉眼看不见的化学物质一样观察橘子。我想吃，但又舍不得吃，不敢吃。我怕回到家中挨母亲的斥责。味蕾上涌起一股股酸水，舌头如同一只钩子，恨不得一下子把那只橘子钩进嘴里。最终，我把那只橘子放进书包，带回家，又悄悄放到蒸笼里。

晚上，母亲把我们五个姊妹叫到跟前，她表扬姐姐，说她懂事，爱怜弟弟，把大橘子留给弟妹，而自己却舍不得吃。母亲的话还没说完，姐姐和哥哥把各自的橘子全部捧了出来，说：“妈，你身体不好，还是留给你吃吧。”就那样他们把带有手心温度的橘子交给了母亲。

母亲把大橘子分成几瓣，把很大的一瓣给了我，把其他的给了哥哥姐姐。我们分享着冬夜里的温暖和甜蜜，仿佛自己成了世界上最幸福的人。大橘子酸酸的，根本没有我所预想的那么甜。母亲看穿了我们的心思，又接连分了几个小橘子，我只顾自己，接连吃了几瓣，果汁从嘴里流了出来，那个甜呐，仿佛渗到骨头里了。姐姐吃得很慢，她说：妈，你也吃吧，小橘子可甜了！等到盘子里的橘子只剩一瓣时，我才发现，母亲没有吃一点。昏暗的灯光下，我们姊妹为橘子到底是甜是酸而争得面红耳赤。妈妈说：别争了，好好念书，长大了你们天天有橘子吃，想吃多少，吃多少。

我暗暗发誓，努力学习，长大了考上大学，有了钱让全家人天天吃上又大又甜的橘子。

第二年姐姐考上了一所师范。三年后她有了工作，领到第一个月的工资后，她买了好多橘子。就在我们一家人围在一起吃橘子时，姐姐说：“如果拿橘子来比喻人生，一种橘子大而酸，一种橘子小而甜。有的人拿到大的就抱怨酸，拿到甜的就抱怨小。还记得几年前我们吃橘子的情景吗？当时我拿到小橘子，我就庆幸它是甜的，拿到酸橘子就感谢它是大的。”

顿然间我明白了姐姐的用心。此后，我不再抱怨，也不再贪玩，我知道自己该干什么了。

现在，有了钱，可以随时吃到新鲜的橘子，但是我总吃不出多年前的味道。我不再迷恋橘子，但多年前的那盘橘子一直闪亮在我的心灵深处。我过着幸福安静的生活，用不懈的追求采撷着生命枝头上的“橘子”，不与他人争执，也不太在意得失。我只是默默地感激，格外地珍惜，正如姐姐说的：如果拿橘子来比喻人生，一种橘子大而酸，一种橘子小而甜。有的人拿到大的就抱怨酸，拿到甜的就抱怨小。拿到小橘子，我就庆幸它是甜的，拿到酸橘子就感谢它是大的。

橘子甜，橘子酸。甜里头裹着酸，酸里头流着甜……

麦田中央的母亲

起风了，风像从远方的战场上凯旋的将士，身披锦旗，在田野里驻足。风吹树响，草动麦黄，蝉鸣鸟唱。风放开喉咙，仿佛憋不住藏在心中许久的暗语，声音穿过麦浪，穿过林稍，穿过故乡，穿过远处的山岗。

似乎一夜之间，麦子熟了，他们领会了风的暗语，而这暗语一经破解，仿佛一场酣畅淋漓的梦，墨绿的麦田便被风染成了金色的舞台。

母亲握着镰刀，走进这舞台中央。几十年来，她始终以躬耕的姿势，谦卑地俯向大地，低着头站在农业中心。麦浪在风中起起伏伏，金黄的曲线波动着，随着母亲有节奏的挥镰，向远处延伸。一串一串的汗，大颗大颗从母亲头上落下，砸进麦田。干涸的麦地，张开干裂的嘴唇，贪婪地吮吸母亲头上的汗。我相信，那里面有许多许多咸咸淡淡的盐粒，我也相信，日复一日，年复一年以劳作的姿势把日子过得活色生香的母亲，她脊背上渗出的盐渍，肯定能发出钻石的光芒，粮食的光芒，劳动的光芒。蓝天无语，白云有情，它们注目着苍穹下，一个农村妇女舵手一样驾驭着一把镰刀，驶向麦田深处。

金黄的麦子，古铜一样的质地，沉甸甸，浑厚，结实。母亲把麦捆抱在怀中，这曾经哺育在襁褓中的孩子，今天，已经成熟了。或许沉甸甸的麦穗贪婪母亲肩头的那番温柔，它们伏在母亲的肩膀上，麦芒如竖琴，被母亲结茧的手指拨弄着，发出清脆的声音，干涩却又铿锵有力。母亲不懂音乐，她柔软的心，只懂蛙鸣、鸟叫、狗吠、牛哞、马嘶、猪嚎、羊咩。这凡俗的声音，没有金色大厅里那昂贵器乐奏出的优美旋律，也没有指挥家引领通晓乐律的演奏家集体抒情的高雅。而就是这些悦耳的声音，围着母亲，几番晨昏几番风雨，在岁月的轮回中，传颂了大半生。母亲老了，这些声音也一天天老了。只有庄稼拔节的声音、豌豆花爆裂的声音、麦子在烈日的揉搓下脱壳耳而出的声音、牲畜生产幼小生灵的声音是年轻的，新鲜的。就是这些声音，像一把糖果撒进她渐渐苍老的心窝里，撒进她被农活拖累得渐渐矮下去的身影里，让母亲没有多少杂念的心安稳、熨帖、欣慰。

母亲的脊背如一把张满的弓，汗珠如箭矢，一箭一箭射落夕阳。在农业的方圆里，从清晨到黄昏，她不怨不艾，背着晨曦，挥别晚霞，心里始终装着一个粮仓。这些汗，或者这些盐粒，一滴一点腌着农业部落里的家常春秋。春去，麦穗花开；秋来，麦香芬芳，飘过田野，飘进母亲澄明清净的心田。

晚风吹来，母亲累了，坐在田埂上，我看到她脊背上的汗渍在汗衫上绘出一团团云烟，白色的汗渍、麦秆的黑枯叶、黄色的泥土，把她的汗衫染成一幅水墨画。夕阳的余晖洒在静坐的母亲身上，时光静谧，我感觉母亲如佛，淡定、超然。一股说不出的气场让我不敢言语。我坐在母亲的背后，看着晚风吹着她稀疏的头发，晚霞绚丽如云锦，母亲的头发像镀了金，又像洒了一层霜。我突然有一种想哭的冲动。

母亲说，回家吧，我们揉一把麦子带回家。几株干了的麦穗被母亲摁断后，放在掌心里轻轻揉了几下，片刻摊开手掌，吹了一口气，金色的麦壳，纷纷扬扬，像金箔像飞鸟。顿时，夕阳下，一只只金色的鸟，在麦田里飞翔。

农业是母亲一生的坐标。儿女、庄稼、蔬菜、牲畜是分布在这个坐标不同角落的标点。沿着这个坐标，清晨她从庄廓出发，把我们带向麦田，认识农业这部古老典籍和生命坐标所蕴含的甘苦。经过三十多个春秋，我才明白，怎样的姿势才能抵达幸福深处。这一切是，站在麦田中央的母亲以弯腰拔苗，亲历的汗水和信念教会我的人生箴言。

而今，我就像一粒脱壳的麦粒，乘着一股从远方来的风，远离故乡，远离母亲，远离田野，落进他乡的土地上，寻找一方供灵魂自由栖息的土壤。现在，我也在城里种田，不过我的田在流淌着唐诗宋词的方格纸上，我的汗滴在城市流水线生产出来的键盘上。摊开一张白纸，我就拥有一大片故乡的雪；淌下一滴蓝墨水，我就拥有故乡的一方湛蓝天空；轻叩一个键钮，我就发掘出一眼故乡河流边上清澈的沙泉。蓝墨水滴在白纸上，我就看到母亲的蓝头巾渐渐隐没在麦浪深处。文字闪耀在电脑屏幕上，我更感受到了母亲握镰挥向麦秆的力量。

很多个夜晚，当我在方格纸上、键盘上画出一个圆满的句号，我默念着站在麦田中央的母亲，戴着草帽，挥臂拭汗的情景。

哦，亲爱的母亲，你赐予我们一方麦田。你说过“春种一粒粟，秋收万颗子”。在春天里，我们总要种下些什么，不然，当秋风吹来，检验我们走过的岁月时，我们站在麦田角落，画不出一个圆满的句号。四顾空旷，内心未免惆怅，愧对临别时站在麦田中央的母亲交给我们的那把种子。

一双2600个针眼的鞋

收到母亲从老家邮寄来的布鞋时，我并没有急于穿上。我把鞋捧在手掌，仔细数了几遍鞋底上的针眼，芝麻般渺小的针眼一排一排，密密麻麻有序排列，布满了整个鞋底。数着数着，我的眼睛湿润起来，一只鞋底上有1300多个针眼，两只鞋加起来2600个针眼！2600个针眼在我眼前，就如同久违的母亲在2600多个日日夜夜，注视了远方的我2600多次。如果说母亲的布鞋是一片浩瀚的天空，那么这些针眼就是星辰，就是满天的繁星。我想远方的母亲在给我纳鞋的时候，把手中的鞋当作了脚下的土地，2600多个针眼就是2600多粒种子，她把爱和希望一粒一粒种在千层布鞋里，希望她的儿子安稳、踏实，每天的日子像种子一样冲破城市坚硬的水泥路面，去接纳属于自己的那份希望。母亲纳鞋时手心里所流出的汗就是土地保墒的湿润之气，让我沾着地气走好每一步路。

我想起美国作家梭罗说过的一句话，“我宁愿坐在一个南瓜木头上，也不愿坐在天鹅绒座垫上。”“我在天空垂钓，钓一池晶莹剔透的繁星。”我给布鞋从不同的角度和背景翻来覆去拍照后，穿在脚上，不大不小，正合尺码。按照梭罗自然的观点和生活信条，母亲的布鞋让我更加接近自然、天空、星辰和大地。今后，这双鞋必将支撑着我在城市的水泥路面上独立行走。街道上没有布鞋的影子，而母亲的心早已穿过。繁华的霓虹下，找不到母亲的目光，而我的心已经穿过迷丽霓虹飞回母亲身边。堂皇的殿堂里没有母亲的位置，而母亲的高度已经超过它的高度。

回到单位我给同事炫耀母亲纳的布鞋，他们先是有些羡慕地说："你真幸福，还能在酷暑时节穿上母亲亲手纳的布鞋；而我近十几年没有穿过布鞋了。"尔后，神情有些淡淡怅茫，若有所思。

母亲的布鞋伴我度过了小学和中学，到城里上高中后我嫌母亲的布鞋难看，灰头土脸，如同乡下林间不得宠的麻雀，我羡慕那些穿着皮鞋的城里同学，毋庸置疑，和他们站在一起，他们脚下的皮鞋先声夺人，向我们这些乡下来的泥腿子的后代展示了一种物质的外在优越和尊严。那时为了穿上一双皮鞋，以此摆脱乡村给我的自卑，我曾暗地里偷偷用铁丝在母亲的布鞋上划破几道口子，回家要求母亲给我买一双皮鞋，理由是布鞋不耐穿而且容易沾灰。母亲给我的回答是，皮鞋哪有布鞋耐穿舒服？母亲拒绝了我的无理要求。这彻底打消了我年少的虚荣心理，让我从此深陷自卑的旋涡，不和城里的学生来往。

那个晚上，母亲在瓦数并不高的灯泡下穿针引线，她从压在箱底的包袱里拿出早先准备好的千层鞋掌，一针一线做起鞋来。我爬在炕上，看着母亲先用针锥在鞋掌上戳一个针眼，再将针线穿进鞋面，然后一针一针固定在鞋掌上。针领着线，线随着针，在母亲瘦硬的手掌的引导下，穿过昏暗的灯光，穿过我的目光，穿过我眼中晦涩的夜色。也许是鞋掌太硬了，母亲用力抽穿进鞋掌的针，穿堂而过的鞋，纹丝不动，母亲用牙咬住针的一头用力抽，脸上的肌肉拧成麻花状，眼睛眯成一道波线，整个脸几乎变了形。母亲用顶针一点一点使劲顶穿进鞋掌的针，针和线在紧张的穿越后，颤抖着抵达另一面，这是它们的驿站，稍息之后，它们又将深入生活沉重的底部，然后再返回来。夜晚静谧的时光在针尖上进进出出，不谙世事的我，注目着这人间最朴素绵长的情感动作，心里矛盾重重。

母亲的脖子酸了，她稍微靠在窗子上喘息片刻，又将针尖在头发中划一下，以头发上的油垢作为润滑剂，使迟钝的针充满灵性，敏捷地进入鞋掌上的针眼，走向黎明。

现在想来，顶针和母亲穿针引线的姿势也是一颗忠厚隐忍的心的造型。当命运的针线无数次穿过来，母亲的心，该留下多少密集的针眼？当她的儿子奢望充满光华的生活时，顶针上，母亲的手指关节上留下了多少无言的伤？这深沉朴素的情感让我的憧憬慢慢变得模糊而又清晰起来，清晰而又模糊起来。到了半夜我睡了过去，迷迷糊糊之间，只觉得母亲纳针线的声音“哧溜，哧溜”还在穿梭。

第二天早上起床时，枕头旁放着母亲做好的布鞋。她一夜没有合眼了。当我将鞋穿在脚上试穿时，擅长用比喻教育子女的母亲说：“娃娃，你到城里上学不是为了去穿皮鞋，而是为了求学，改变你的命。你今日穿布鞋是为了今后不再穿布鞋。你要知道我们做父母的辛劳和不易。布鞋和皮鞋就像地上的草，你有没有注意过，从松软的泥土里拔杂草很容易，而从沙石地里拔一棵杂草多么费劲啊！从沙石缝里长出来的草远远比从松软的庄稼地里拔出来的草更富生命力。你不是城里松软的草，你应该是一棵从沙石地里长出来的草。沙石地里的草为了更好地活下去，就要努力向深处扎根，松软地里的草有优越的水土，当然不会使劲向深处扎根了，所以只要稍微用点力气，就会拔出来。要改变你的命，就看你怎么扎根哩！”

我无语，苦涩的眼泪悄然涌上眼眶，骑上那辆破旧的自行车到30里外的学校。自行车脚踏一上一下，一路上我一边看自己普通的布鞋，一边细细咀嚼母亲说的那番话，心里酸酸的。

那个夜晚一直定格在我30岁的人生履历中，从那时起，我不再向父母提任何关于皮鞋的要求。

参加工作后我穿鞋的档次随着收入的增加而提高。然而皮鞋给我体面的行走同时也让我饱受了磨脚和汗臭之苦。于是格外想穿母亲纳的千层底布鞋，想起那个静谧而悠长的夜晚。

一个月前，南方的盛夏早早来到，我的脚更加难受了，给远在2000多公里外的母亲打了个电话，说想穿她亲手纳的布鞋。妻子说，妈身体不好，你就别再给她增添劳苦了，还是买双布鞋吧。我说，从城市工厂里流水线上批量生产出来的布鞋没有母亲的气息和味道，我不仅仅是要穿布鞋，要的是和母亲的一种骨肉牵连之情啊！

现在，这双母亲一针一线纳出来的布鞋就在我脚下，我脑中又浮现那个夜晚。现在母亲的心如同她曾经用过的那根针，在岁月的风尘中老去，那根具有金属秉性的针，慢慢变得柔软起来，像一团棉花铺在我的脚下。它贯穿着母亲的力量期盼和人生信念，让我为了明天不耽于自己的追求。真的，我今天获得的一切，实际上就是母亲的布鞋给予的莫大恩泽啊！

井房兴衰记

父亲打来电话说村子里通上了自来水，以后吃水再也不用挑着水桶担子到井房里去挑了，多方便呐，吃了一辈子井水，几根铁管子就把甘甜的水从很远的地方引到院子里。父亲说得很开心，我听了，有几许欣喜，几许惆怅。心，瞬间像鸟一样，飞到千里之外的村庄了。

从我记事起村子中央就有一间很大的井房，高10多米，占地20多平方米，井房中间围着一口直径达5米，深10多米的大水井。井房里的水是从一里外的湟水河畔用水泵压上来的。井房已经有30多年的历史了，为了防止杂物刮进井里，村委会用取自本村大峡山的石头、黄沙和水泥把井旁高高围了起来，顶部用预制板盖着。井房底部离地面一米高处接了三个出水管口。平时用木头塞子或者萝卜塞着，用水的时候拔掉塞子就可以直接接水了。为了节约用水，村里派人专门管理井房，每天分早上和黄昏两次，到河边的井泵按时打开闸门供电抽水，抽上一两个小时后再关掉。

每天早晨，天刚亮，勤快的人就挑着水桶，披着晨曦，迎着晨风，慢悠悠到井房挑水。拔开塞子，清冽的井水仿佛刚从睡梦中醒来，一个劲地把压抑了一个夜晚的梦境一股脑儿向人们倾诉。井房前面有一条小溪，有时候人们忘了塞住水口，水就哗啦啦地流到小溪里。这正好可以让那些嗅着早晨炊烟香味外出吃草的牛羊牲口饮用。牛羊将嘴伸进清澈的溪流里，贪婪地吮吸着，饮上几口，抬头对着刚刚升起的朝阳，打个响亮的响鼻，不知道它们是在感慨井水的甘甜还是在回应朝阳的灿烂。

井房是整个村庄的灵魂，是我们刘家村的新闻中心。黄昏的时候，在地里干了一天农活的人们，扛着农具，耷拉着脑袋，手里夹着卷烟，身上沾了一身泥土，带着满身的疲惫，疲沓地回到村里。懂事的孩子，也早早地担当起挑水的活儿，不用父母提醒，放学回家，就会自觉地挑起担子来到井房。有时候，井房前一下子就能云集几十个挑水的人。人们把水桶一个个排成一条线，耐心等候。轮不到接水的人就开始抽烟、闲侃：什么化肥涨价了，大蒜跌价了，张家的孩子要娶媳妇了，李家的姑娘要出嫁了，赵家的儿子在城里打工被人骗了，刘家的男人和媳妇关系不好，又打老婆了，村支书打麻将又输掉了几百块。一张张薄厚不一的嘴，把村子里的鸡毛蒜皮、家长里短、婚丧嫁娶挖得一干二净，把从电视里看来的国际、国内的新闻轮番评论，家事国事天下事，事事都能在井房周围传播。有时候挑水的人多，需要等很长时间，这给那些干了一天活，喜欢娱乐消遣却没时间的人提供了便利。他们趁着等水的空闲三五个人围成一团，打牌消遣。

这方面最典型的莫过村里嗜赌如命的刘家宝。几乎每天挑水的时候，他都要和那些人赌上几把。正赌得起劲的时候，他老婆围着围裙，两手沾着面粉，火急火燎、连走带跑地来到井房找他。还没等刘家宝反应过来，老婆一把揪住他的耳朵，嘴里放连珠炮似的数落他：家里面条都擀好了，就等水下面，你倒好，反而打起牌来，你对牌这么要紧，家里的光阴早几年就好起来。你个败家子，还要不要过日子？

老婆揪他的耳朵，他还舍不得扔下手中的牌，眼睛盯着已经打出的牌，嘴里唾沫四溅：快出牌，快出牌，这牌我肯定赢，赢定了！打牌的人看到他这个样子哈哈大笑，也跟着数落起来：怕老婆就不要来赌钱。你再不去挑水，你老婆不让你进家门了。他们明明知道刘家宝要赢，于是合力将他拉起来，推搡着让他赶快去挑水。刘家宝极不情愿地走到井房，嘴里对老婆骂骂咧咧。好玩的是，输了钱的人趁着家宝不注意，把他的担子藏到井房旁的小树林里，让他一阵好找。

有的小孩子跟着父母来挑水嬉耍，他们最善于抓住父母的弱点，在家里想要几角钱买些零食，父母一般不会同意，但是到了大众场合，只要一开口很少有不同意的。那时候我经常看到几个调皮的小孩子当着众人的面向父母要钱，或买一包瓜子、一瓶汽水，几颗糖果。在众目睽睽之下，父母亲不好不给，只得依小孩的脾气了。给钱的时候，嘴上骂着：你这个小败家子，就知道吃，哪知道我们大人的难处？说着，把钱塞进小孩手里，末了，还不忘温柔地抚摸一把孩子挂满鼻涕和灰尘的脸蛋。

在井房前，男人有男人的话题，女人有女人的内容。有的女人挑水来得晚，就要等上很长时间。有备而来的她们也不让自己闲着，从兜里掏出还没有纳完的鞋底和刺绣，几个人围到一起，交流鞋底的样式、男人的尺码、刺绣的花色图案。有的闲侃自家的孩子和别人家男人，讲一些粗话和玩笑，玩笑开得过火了，被取笑的女人就在开她玩笑的女人身上掐上一把，互相抱成一团。井房俨然变成了一个乡村的舞台、会场。只是这个舞台和会场，没有城里的会场上领导严肃刻板的讲话，在这里，不按职务高低排座位，不以权力大小分主次，没有虚假的客套、问候和握手，与奖金福利无关，只与庄稼的收成、天气的变化、咸咸淡淡的日子，男男女女的关系有关，这样的会场既是随意的又是家常的，也是率性的。

当然，井房前演绎的故事和话题也不总是和谐轻松的，遇到逢年过节或者红白喜事的时候，用水就会紧张些，那些家里等水急用的人们，按捺不住急性子，为挑水的先后顺序发生口角，甚至动手，井房前的空气陡然紧张起来。有劝架的，有看热闹的，也有为了早点接到水而奋不顾身，不惜把皮鞋踩进出水口前的水槽里抢先接水的。

村里长得俊俏一点，快到出嫁年龄的姑娘们每天黄昏挑水的时候不忘把自己打扮收拾一番。她们出门前，先洗脸，搽雪花膏，把头梳得油光发亮，收拾好了，最后才照照镜子，挑着水桶出门，沐浴着黄昏的余晖，从巷子里慢悠悠地走向井房。走几步，还不忘回头看看，是否有人注意自己的衣服、头发。挑了水走上一段路，趁路上没人的时候停下来歇歇松口气，对着水桶，以水为镜子，看看自己的头发是否被风吹乱，脸上的雪花膏是否均匀。正在捋头发自我陶醉时，突然从村西头巷子里闯出来一个年轻小伙子，那姑娘立即羞得低下头，挑起担子转身就走。小伙子盯着姑娘发愣，姑娘身后长长的麻花辫子随风摇摆，模样是那么的好看，小伙子看着她远去的背影，心里热腾起来。此后，就有人看到，每天黄昏的时候，村西头的小伙子和村东头的姑娘仿佛约好了似的，总是在同一时间到井房挑水，趁着挑水的人不注意，两个人眉来眼去暗送秋波，时间长了他们就好上了。于是请人说媒，成就一段好姻缘。

掌管井泵绝对是一件风光的事。这不仅仅是一件简单的开闸关闸的事，而是一种面子和权力的象征。通过电闸的一个按钮，管水泵的人就可以轻而易举地掌控全村近一千口人家的用水。村里的人家遇到红白喜事都要提前一两天到管水泵的人家里送上两瓶酒，几包烟，吃筵席的时候，还要把他请到家里吃上一顿。如果哪家没有事先打招呼，用烟酒意思一下，那你就别想把喜事办体面风光。村里有这样的事情。我记得有一年邻居家的儿子娶媳妇，忘了向他打招呼，结婚迎新娘宴请女方亲戚的那天，村里突然停水了。如果喜事办砸了，就在女方亲戚那里把人丢大了，这是很没有面子的事情，以后别想在女方那边留个好印象。人家肯定会在背后议论，男方家在村里的人缘和威信有多不好。那天，可急坏了邻居，我陪着新郎和他父亲拎着喜酒和烟去找管水泵的人，到了他家，他却关门避而不见。最后，在一帮人的劝说下，送上烟酒，说上一大堆好话，他才脑门一拍，装出一副忘记开闸送水的样子，嘴里说：瞧我这坏记性，怎么把这么大的事情给忘了，如果早知道你家今天有喜事，我会早早地给你们把水抽足，保证你家风风光光把新娘子娶进家。见到新郎拎在手里的烟酒，他板起脸孔，说：都是一个村的，抬头不见低头见的，同饮一井水，你这样做不好，有点见外。话虽然这么说着，手却已经伸向新郎手中的酒瓶。

新郎一家赔着笑脸，给他散上喜烟。他连火都不点，说：我要赶紧给你们送水，可不能耽误你家的大事。说完很利索地到水泵房开闸送水。

如果谁家新添了一口人，当天晚上，这家的人就会提上一盘茶食到井房供奉，趁着没人的时候，叩拜、感恩、许愿。如果，村里的那个老人去世了，临终前，他一定会郑重交代晚辈，别忘了到井房前给他烧香，吃了一辈子井水，井也和人一样的，日出日落伴着人也累了一辈子，不能亏待了井，烧上最后一回香，作为最终的感恩。

老人入土的那天，人们挑水的时候，就会在井房前看到一堆纸灰和祭祀品。一个人就这样用一堆香裱和祭祀品给滋养了他一生的水井做个最终的告别，永远地从村庄消失了。

在时间面前，一切风光都是一晌云烟，谁也不是时间的对手，所有的风光都是时间的败兵。现在，自来水通到了家家户户，乡亲们用水再也不用排队、拥挤、等候，龙头开关一开，甘甜的水就哗啦啦流出来。家里办红白喜事的人们再也不用拎着烟酒以复杂而又藐视的心情去敲掌管水泵的人家的大门。

在岁月长久的洗练中，村里的人已把井房当作自家的神。每天晨昏的挑水，就是与这神亲密接触保持内心神圣的一种仪式。水是一种希望，一种寄托，人们希望自家的日子过得如同桶里满满的水一样殷实、富足。因此，几十年来，村里形成了一种忌讳，如果去挑水，恰逢井房里没有水，就不好把空桶挑回家，只能把桶放在家门口，等第二天来水的时候才好挑满水进家门。在乡亲们眼里，这是一种征兆，如果挑个空桶回家是很不吉利的事情。

自来水取代了井房，井房里的水随之干涸了，再也没有人到这里挑水、嬉闹、闲扯，只有一簇簇拥挤在墙壁上亲吻井房的苔藓默默诉说着往日的热闹。还有一些被风吹来落在井房顶上的草种、树种、野花种子将根扎在井房顶部预制板之间的缝隙里悄然生长，高高地守望着整个村庄的喧闹、宁静、生息和变迁。我在想，那些野花是井房的眼眸，那些野性的青草是井房的睫毛，那些高矮不一的小树枝条就是井房的手臂，一天天、一年年，四季不停变化的风刮过，它们无力抓住些什么，在风中用一个苍凉的手势，为过去的岁月划下标志一个时代终结的休止符。风从远方吹来沙子，落进井房的眼眸，正如一首歌所唱的“风吹来的沙，落在悲伤的眼里，谁都知道我在想你”。井房不会悲伤，悲伤的是喝了井水游走他乡的人。他们在异乡喝着不合口味的纯净水，心里装的全是故乡没有被工业化污染的井水。他们受伤时流出的眼泪是一面镜子，映衬着漂泊路上的落寞，而这眼泪所浓缩的全部情感，源自一种为了生活和理想身不由已背井离乡的疼痛。

一个村庄的一年、十年、百年、千年，无非是让生于斯逝于斯的人，迎着每天的日升日落，月盈月亏，繁衍生息、变迁发展的轮回。一个村庄的泥土和水源是这个村庄的魂之所系，魄之所依。草木的枯荣，人生的无常，在这个泥土和水源支撑的世界里一生一世的繁荣、兴旺、衰败、消失。水可以干涸，而所有生活在这个村庄，离开这个村庄的人，对水井的眷恋却永不干涸，那些从井房里流出被我们摄入肉体的水，已成为我们体内滚烫的血液，让我们在不同的方向，对井房保持神圣的情怀，膜拜、眷恋、敬仰、感恩。

井房见证了一个村庄的兴衰荣辱、生老病死、婚丧嫁娶。井房像一个落寞的老人，更像一部影视的场记。自来水进了家门，井房只能在时间无垠的荒野里无奈地挥挥手，向曾经的风光、荣耀、欣喜、无奈、悲苦告别，然后慢慢地退出村庄的舞台，历史的舞台，青春的舞台，让电的力量，时间的力量，现代化的力量，蒙住它的眼耳，淡然退出。

我知道，被渐渐遗弃和取代的井房，必将以另一种形式，在我体内升腾、奔涌，衍射出我对它最原始庄重的依恋和怀想。

来生，我愿做哥哥的哥哥

在我的故乡青海省乐都县，20世纪四五十年代出生的那一辈人生儿育女的指导思想是：多子多福多挣工分。父亲就属于那一辈人。到了20世纪七八十年代这个指导思想仍然光芒万丈。也许是工分的诱惑吧，父亲养育了我们五个兄妹，哥哥排行老三，我最小。那种只注重人口数量而轻视人口质量的思想，到了20世纪70年代末80年代初，逐步显出了其缺陷。

我上小学的时候，哥哥姐姐有的上了初中，有的上了高中。虽然那时的学费很低，但是一个农民同时供五个子女上学确实有点力不从心。直到我上中学的时候，家里实在无力同时供我们五个人上学，一来近十亩地父母顾及不了，二来微薄的农业收入实在无力承担我们的学费。但是父母说："我们吃够了没有文化的苦头，哪怕砸锅卖铁也要让你们读书，有个出息。"我印象中哥哥学习很差，总是排在全班倒数第一，但他的英语成绩还可以。我从来没见过他放学后做过家庭作业。父亲问他为何不写作业时，他说老师没布置。父亲说："没布置也要写！"哥哥说："在学校里已写完了。"老实巴交的父亲相信了他。

直到有一天老师家访找上门来说哥哥经常逃课，不知做家长的怎样教育孩子的。父亲听了很惭愧，老师一出门，父亲就拿出皮鞭把哥哥拉到院子里让他跪下。父亲气得青筋暴突，脸都涨红了，然后狠狠地抽打他，边打边骂："我叫你再不争气，我叫你再逃课！"哥哥疼得在地上打滚，脸上的泪水和着地上的尘土把身上抹得到处都是，我们谁也不敢上前劝阻。我知道作为生产队长的父亲在村里是很要脸面的人，谁劝也没用。哥哥蜷缩在地上，身上是青一块紫一块的鞭痕，他咬着牙抽泣着，眼神黯然无助。父亲让我叫来爷爷和叔叔，父亲说："今天你当着长辈的面说清楚，到底上不上学？上，我豁出老命供你，不上你要表个态。"

哥哥跪在地上颤抖着不停地抽泣，爷爷叔叔们劝他听话好好去上学，他始终不出声。父亲急了，又抽了他几鞭。哥哥的性格很倔强叛逆。在大家苦口婆心的劝说下，他哭着说："我不上了，父母供我们五个人上学，太辛苦了，我每天坐在课堂里心里很难受。我想去打工，减轻父母的负担。"父亲眼里顿时噙满了泪花，但他仍严厉地说："天塌下来有我顶着，轮不到你操心！"

那天无论家人怎么劝说，哥哥就是不去上学。后来他跟着村里的人到民和县去打小工修路。那一年他17岁。

一个月后哥哥托人给父亲带来了200块钱，给母亲买了两袋奶粉，给我买来两本作文书。哥哥知道我喜欢作文。他叮嘱那人，叫我一定争口气好好学习。没过多久哥哥回来了，他又黑又瘦，脸上都脱了皮，手更不用说，握住他的手如同握住了一块锋利的瘦石块，让人心疼。老茧结了一层又一层，像刀锋。他站在门口哭了，说钱被包工头卷走了。我心里涩涩的。晚上我和哥哥在一个被窝里，我问："哥，你在那边苦吗？"哥叹了一口气："苦成了一种习惯就不苦了。我们每天天不亮就被叫醒，吃的是开水兑干馍。每天有扛不完的沙袋，背不完的砖头，拌不完的混凝土——有时我真想跑回来，可是一想到你和妹妹可以坐在教室里读书，我就不觉得苦了。"

我摸了一下哥哥的肩膀，凉凉的，很硬，是老茧。我说："哥，你还是去上学吧，上学就不用受苦了。”哥说：“其实，我很想上学，可父母为了我们每天起早贪黑太辛苦了，不忍心啊。如果我直接说不上学父母肯定不答应，我只好逃学，让他们认为我不可救药，这样我就能减轻一些家里的负担。但是这事不能告诉父母啊。”

我上高三那年，春暖花开的时候，结婚不到一个月的哥哥跟着村支部书记的包工队到唐古拉山去修公路。那天傍晚包工队浩浩荡荡在村中心集合。哥哥开着拖拉机，全家人为他送行。车即将开动的那一刻，村里的人点起了祝福平安的鞭炮和象征吉祥的烟火。鞭炮燃尽了，车子发动了，全家人眼泪汪汪，送行的男女老少都哭了。哥哥扭过头尽量不看我们，走了一段路哥哥回头大声对我说：“好好学习，听父母的话，我会平安回来的。”

我的眼泪像断线的珠子，洒了下来。漫天血色的晚霞，惆怅的男女老少，灰色的村庄加上路边孤零零的白杨，真有点“风萧萧兮易水寒，壮士一去兮不复还”的悲壮。我在心里默默地祈祷，上天保佑哥哥平平安安地回来。

后来听大人们说，唐古拉山脉一带是“风吹石头跑，天上无飞鸟，地上不长草，夏天穿棉袄”。这话像针深深地刺痛了我年少的心，我担心哥哥。我暗下决心一定争口气考上大学。

几个月后哥哥寄来了400块钱，还有一封信。字体歪歪斜斜。哥哥一再叮咛我好好学习，有空的时候多帮父母分担一些农活。最后哥哥形容说他干活儿的地方天蓝云白，牛羊成群，伙食很好，请家里放心。我知道哥哥又在说谎。见字如见人，我可以想象得出哥哥在那恶劣环境下是如何生活艰辛的。

高考前一个月哥哥特意给我寄来了200元钱，汇款附言里他让我加强营养，注意休息。看到哥哥的字，我想哭。

那年9月我被西安公路交通大学录取。消息传到唐古拉山，哥哥兴奋得觉都睡不着。刚好那边的公路工程也结束了，他连夜开着拖拉机回家。我们全家人都在高兴地等他。四天后哥哥回来了，头上裹着血迹未干的纱布，脸色蜡黄，衣服沾满污油。他的模样让我们大惊失色。原来回家心切的哥哥在路上发生了车祸，幸好没什么大伤，谢天谢地。一见到我，哥哥紧紧地抱住我哭了。

此后的几天，哥哥带着我到街上最好的商店买新衣服新皮鞋，当我穿上新衣新鞋豪迈地走出商厦时，我才发现哥哥的布鞋早已开了一个大洞，我惭愧地说："哥，你也买双皮鞋穿穿吧。"哥哥憨厚地笑了："布鞋穿惯了，皮鞋不舒服。"

临走前的一个晚上我到邻居家道别，和哥哥一起到唐古拉山的得胜哥说："你不知道，你哥这次捡了一条命回来。在去往唐古拉山的路上车子坏了，在前不着村后不着店的戈壁滩，一天见不到一个人影。我和你哥落在了大部队后面，更不幸的是修车的那天晚上下起了大雨，帐篷早已湿透了。我们又冷又饿，只好趴在车厢底下。晚上你哥感冒了，加上高原反应，他浑身虚脱，吓死我了，车坏了几乎等于陷入了绝境。他说为了你们全家，为了你能考上大学，哪怕剩一口气也要走出戈壁滩为你挣足学费。幸运的是第二天大部队派人来找我们，修好了车，我们才得以到达工地。在那里他起得最早，睡得最晚，干的活儿最多，受的苦最多。你以后可不能忘了你哥哥啊！"我的泪早已夺眶而出。

去学校报到的那天哥哥给了我2000元伙食费。他说："到大学里管好自己，照顾好自己，也不要忘了我们的本。"我知道这句话的分量。

尽管上大学时当老师的姐姐经常给我汇款，但我还是隔三岔五地收到负载着哥哥血汗的汇款，我知道那里包含着何等殷切的期望，我也知道哥哥瞒着嫂子给我汇款有多不容易。哥哥的肩膀很沉，我也格外用功，不敢辜负任何一滴渗透骨髓的汗水泪水。

毕业后我找到了一份轻松的工作。现在我经常给哥哥和父母写信汇款寄托我微不足道的爱意，逢年过节我也给我多病的侄子买些衣服零食，而这一切，仅仅汇款和衣物是远远报答不完的。

现在我也经常跟着领导到公路的施工现场去检查，当小轿车行驶在逐渐成形的公路上，看到那些背部弯得像弓一样面朝黄土背朝天的筑路工人，我就会想起曾经筑路的哥哥，他们也是我的父辈，也是我的哥哥啊。下车后我会亲热地和他们交谈，给他们发香烟，问问他们的庄稼和收入情况，就像兄弟一样自然。因为我是农民的儿子，我血管里流的是农民的血，昨日是，今日是，永远都是！

有一天我做了一个梦，梦见我在一个寺庙里许愿，老方丈让我许个愿，我想都没想就脱口而出：来生我愿做哥哥的哥哥！

父亲最后的盛宴

一

父亲在电话里很惆怅地说："村里又一个老人走了，才60岁出头，可惜得很啊！我今年已经63岁了，也该盖老房子了。老房子盖好了，我也就放心了。人活着，说不定那一天就被老天爷收走了。唉！阳世间的变故太多了。你说他前天还好好地在地里干活，昨天竟然突发脑出血，说没就没有了。他走了，几个儿子还没有给他盖老房子。哎……"

电话里，父亲不停地叹息。让人听了，悲凉、沉重、不安。

我安慰他："你和我妈身体还行，没有什么大病，再活十几年二十年不成问题。你们健康地活着，就是我们儿女最大的福气。你就不要乱想了。该打牌的时候就去打牌，好吃的好穿的尽量吃穿，不要省，一切都有我们来管。"

"这孩子，难道你忘了？在不到四年的时间里，我们村里先后去世了十三个人。不知道，接下来该轮到谁走了。人活着，以后的事情谁也无法预料啊！我们活着，活着，说不定，哪天就真的走了。"

电话里父亲的话让我心情越来越沉重。一股凉气自脚底升起，如寒冬腊月走在故乡的冰天雪地中。

我打断父亲的话，说："你多心了，活得好好的，胡思乱想什么？你需要的，我们姊妹们会给你考虑到。平时你们心情放松些。没事的时候，就到广场上和那些老人打打牌，消磨消磨时间。"

"你才30出头，有些事情你不经历，你是不会明白的。"父亲很低缓地说。

那段时间，在南方的城市里工作的我，空闲的时候，脑子里突然会想起父亲的话。按照我们西北故乡的风俗，人过了61岁，就要开始考虑后事，请木匠做寿材。条件好一点的人家用的是松柏木头，一副寿材的材料、手工费加起来不过一千块出头。条件差一点的人家用的是白杨木，一副寿材的总费用不会超过六百块。松柏木结实，入土后十几年都不会腐烂，而杨木则不行，入土后几年时间就会腐烂。

印象中，在村里，凡是到了岁数，仍健在的老人，子女们都要早早地为他们打好寿材放在家里。有的人家还把寿材当粮仓，把粮食谷物放进寿材里。不放粮食的人家每年都要趁着天气好的时候，把寿材抬到院子里，打开寿材盖，晒上几天。

人还活着，但是面对不知何时到来的死亡，他们很坦然，以宗教般的情怀早早准备自己的后事。这是何等的胸襟啊？这对活在城里的人来说，又是一件多么恐怖而又不可理喻的事情。哪有做好棺材等死的人呢？我曾经生活的村庄就是如此。那些上了年纪的老人常常攀比自己的材木价格，对此津津乐道，每天靠着这种攀比念叨打发光阴。我深深地记得爷爷在世时和邻居因为攀比寿材用料贵贱而怄气的情景。

二

那时爷爷73岁。盛夏的一个中午，太阳很毒，父亲和四叔按照爷爷的要求把他的寿材抬到院子中央。爷爷端着积满茶垢的茶杯，坐在屋檐下，喝一口茶，然后捋一捋留了几十年的长胡子，眼睛紧紧盯着涂满油漆的寿材。画在寿材上的龙凤，在阳光的照射下，闪着油漆的光芒，刺眼、醒目。茶喝完了，爷爷起身走到寿材前，一边用手重重地拍打散发着木香和油漆香的棺盖，一边将头贴在寿盖上倾听。敲出“咚咚”的声音厚重有力，爷爷脸上露出自然的笑容，满意地说了一声，“好！”他脸上松松垮垮的皱纹，像一块老树皮。他敲打寿材的样子让人看起来感觉他敲打的不是一口寿材，而是一面鼓。他的心情轻松、愉悦，样子是那么满足、得意。

我那时只有15岁，对爷爷的举动很惊讶。心想，一个健在的人，怎么能以喜悦的心情去面对一口让人心悸的寿材？死亡，离别人世，是一件多么可怕的事情啊，而我的爷爷，却如此坦然，似乎他面对的不是不知何时到来令人悲伤痛苦的丧事，而是一场即将赶赴的喜宴。

从那年起，这个场景深深地烙在了我的脑海。

还有一件事情让我记忆犹新。记得有一年麦子收进粮仓后，爷爷又让父亲和叔叔把他的寿材抬出来晒太阳。那天，邻居家的成祝老人来串门。爷爷向他炫耀自己的松木寿材，他很得意地说自己的寿材如何坚固结实。末了，他问成祝：“你的材木是啥料子？”成祝老人低下头说：“白杨木。”爷爷更加得意了。他露出满口的豁牙，放声笑了起来：“你的寿材也太差了吧！儿子们有钱却舍不得给你做好寿材，哪有这样的儿子嘛？白杨木用不了几年就烂掉了，你的寿材哪有我的好？还是我的儿子们孝顺。”爷爷以胜利者的口吻笑成祝老人。成祝老人心有不甘地辩解：“人死了，哪知道白杨木好还是松木好？哪怕你睡的是金棺，总有一天会烂掉的，白杨木和松木对于入了土的人来说没有什么区别。反正人死了，眼睛一闭，啥也不知道了。有什么好比的？”

他们在院子里脸红脖子粗地争论起来，彼此不服气，后来还是奶奶和父亲拉开了指指点点的他们。成祝老人没喝一口水气哄哄地转身出了门，出门的时候，把门狠狠地甩了一下。

爷爷的得意并没有因为成祝老人拂袖而去有所减退，他对奶奶说：“老太婆，我们有个好的老房子，到阴曹地府也有炫的资本啊。”

对爷爷言听计从了一辈子的奶奶随声附和：“那是，那是。我们老了，为这样的事情和别人怄气，不划算嘛。”奶奶的话让爷爷听的不舒服，他狠狠地瞪了一眼给他续茶的奶奶。

从那以后，成祝老人不到爷爷家来串门了，即便路上遇到爷爷，仍然是一副势不两立气呼呼的样子。

现在想来，人老了，就变成小孩子了。我们惧怕死亡，忌讳一切与死亡有关的字眼时，他们却为怎样才能办得风风光光的后事争上风，并以此自我陶醉。那口气、那神情、那自得仿佛死亡这件事情与他们无关，又仿佛他们赶赴的不是一件丧事，而是一件风光体面的喜事。

现在，我想说，寿材是时间凝固的钟，老人们就是那个外表坦然内心落寞的守钟人。

三

今年七月，我从江苏南通到青海高原的老家乐都去探亲。先回到县城父母居住的家，再回乡下的老家。在县城的那几天晚上，我和父亲每天晚上都要喝上几口酒。有天晚上，父亲很高兴，多喝了几杯，喝高了。父亲借着酒兴说：“你这次回家，刚好是个机会，你要把我最后的大事办了，把我的老房子盖好。这样你走了，三四年不回来，我也放心了。”

按照我们那里的风俗，老人们的老房子应由兄弟们共同出资，考虑到哥哥在务农，经济不宽裕，我对父亲说：“这小事一桩，你就不要担心了。我给你2500块钱，买松柏木。我哥就不要出钱了。”

听了我的话，父亲有点不悦，他反问我：“什么？这是小事一桩？对我和你妈来说，这是大事，天大的事情！不要以为你们现在成家立业了，自己可以作主了，就把这些事情想得太简单。这是我们今年再重要不过的事情，也是我这一辈子最后的大事。”

或许，我轻描淡写的话惹父亲不高兴了。我对自己的浅薄感到惭愧。当晚，我把钱给了父亲，为了弥补之前的不是，我说：“大，你不要生气，过两天我陪你到木材市场，买你看中的好木头。”

父亲高兴了，说：“行，好！”一个“好”字，让我怔住了。我猛然想起了爷爷在世时敲打寿材，寿材发出清脆的声响后他感叹的那个“好”字。他们父子是以同样隆重、豪迈的心情面对自己无法预料的后事啊。

第二天吃了早饭，父亲让我给他找出从前给他在南方买的名牌衣服，他把自己从上到下收拾了一番，一点也看不出他是从农村移居县城的农民。他在镜子前刮胡子，我说：“你把自己收拾得这么光鲜，好像乡里的干部要去省城大会堂开会啊。你要去哪里？”父亲笑了，笑得不好意思。他说：“即便穿再好的衣服，我还是农民嘛。我要出一趟远门，办一件大事情。”

他话说的口气很庄重，表情又很轻松，有一丝神秘。

我不知道现在脱离农田的父亲，除了每天在县城的广场上和老人们打牌，接送外甥女上幼儿园外，还有什么重要的事情。

父亲出了门，我到亲戚家去了。

下午，太阳还没有落山。五点多的时候，父亲回来了。他一进门，显得很不高兴。还没有等到我们问他，他就说："今天白跑了一趟。到了六十里外的平安县木材市场，看中了两副材木，老板不在，价格伙计做不了主，没有买得成。"

我顿时明白了，原来父亲所谓的大事情就是去买材木。

接下来的几天，父亲又去了一趟平安县，我要陪他去，他不让。他请了村里的木匠和他同去。父亲说，木匠识货，而且前不久木匠也买了两副好材木，价格适当，木料结实。"他去了我放心，你去了不识货，白花车费。"

按照父亲的心理，我这样的年纪是没有资格也没有经验去和他办他的大事情。只有那些经历了人生风雨，看透了生死，和他年龄相当的人，才配和他一起去。

时间过得很快，转眼间，我的假期快满了。我回单位的前几天晚上，父亲很正式地和我谈了一次话。他说："儿子，假如有一天，我和你妈不在这个世上了，你们不要难过，也不要淌眼泪。说的近一点，即便明天我和你妈都离别人世，我们也不后悔遗憾。你们儿女有出息，托你们的福，我们这几年享了福，好房子住了，好吃的好穿的也享受了，我们很心满意足了，走得再匆忙，没什么可后悔的，一点也不遗憾。你看，村子里和我们年纪差不多的人，活着的时候，不是生病就是在田里受苦。我这大半辈子为了你们上学，确实受了不少苦。这十年过的日子，和那时候比起来简直不敢想象。这几年在你们的照顾下，我们飞机也坐了，火车卧铺也坐了（父亲的需求是多么浅啊）。深圳、南京、广州、南通也逛了。村里的那些老人，有的一辈子也没有走出过村庄，没出过县城。和他们比起来，我们真是太舒坦了啊！"

喝了酒的父亲，话特别多。我估计他又喝多了，不让他再说话。我劝他休息，然而，父亲谈兴正浓，他很不情愿我打断他的话。

“好，你不让我说，我少说几句。这几年，我一有空闲就和你妈说，我们没有白供帮你们念书上学。我们真的没有白活。如果有一天，我真的走了，你们就当我和你妈携手去赴了一场喜宴。这样，你们就不会难过。我已经和李木匠说好了。过几天他陪我去买柏木，然后给我做老房子。老房子做好了，我就放心了。”父亲又说了一阵。我耐心听他唠叨。

父亲是真的喝醉了，我们把他扶到床上，他很快打起了呼噜。

回到单位后我写了一篇文章，题目是《故乡，心灵的疼痛来自何方？》。我把文章贴到博客上，一个不久前失去父亲的同学看到后留了这样一段话：“什么是故乡？父母亲就是故乡，父母在，故乡就在。父母不在了，再美的乡景，再大的疼痛也就没有意义。”

我知道，这是同学经历父亲病逝悲伤后的肺腑之言。他这样讲，有他的道理。

假如有一天，父母真的不在世界上了，我活着将是多么孤独和空洞啊。当我们跪在他的坟前，哭得断肠寸断，住在泥土深处的老房子里的他们肯定看不到儿女们的泪水和伤悲。白杨木也好，松柏木也罢，总有一天会腐朽。金房子也罢，银屋子也罢，没有了父母的气息，我们何以去感受人世间那凡俗而又绵长的温暖？总有一天，时间锐利的牙齿会不动声色地粉碎人世间一切的物质材料，时间的口舌也会让人世间的苦痛哀愁幸福快乐，慢慢失去滋味。昂贵的材料也罢，廉价的材料也罢，或许，对于人的灵魂而言，一切金银细软不再重要，重要的是生命活着时的那份坦然和淡定。金银铁器、木料油漆会有一天会生锈腐朽，而灵魂会生锈腐朽吗？我想，父亲赶赴喜宴的心情不会在岁月无常的风云烟尘中生锈。

我有幸在这个尘世间活了31年，书本里的知识并没有给予我多少深刻的精神体验，但是这个七月，我在泥土里生活了60多年的父亲给我上了生命中最重要的一课。

父亲一生中赴过多场宴，有简单的，有复杂的；有乡间的，也有城市的；有喜庆的，也有悲伤的；有重大的，也有普通的。我想，在父亲心里，没有哪一场宴席比他今后某一天辞别人世，在“老房子”一直安稳睡下去这场宴席更重大。

没有恐惧，没有遗憾，以轻装上阵的心胸，把死亡当作赴喜宴，这需要何等的达观和超脱？我不得不说，和我父亲一样依赖土地存活的老人们是农民，也是哲学家，真的。

病房记

人类在疾病苦难灾害面前的悲悯是一致的，同频的。没有民族、肤色、国别之分。海明威《丧钟为谁而鸣》，每一个人都不是孤立的岛屿。我无意放大个人家庭的疾病痛苦，我以个体的体验代表一部分群体的病痛。谈话室不断通过扩音器叫喊家属的名字，紧张焦虑让人布满愁云密布的表情；伸长脖子守候，开门瞬间推出病人时期待听到的声音。

13岁的外甥女一早跑到父亲的病床前问：姥爷你害怕不？我给你揉揉肩膀。她从生下来到现在，一天都没有离开过父母，懂得感恩之心。早上八点一刻把父亲推进手术室以后，在第一道门前等候手术，父亲还像顽童一样自己走到椅子边的称重仪上，乐呵呵地说，瘦掉了四斤，现在一百六十斤。我和姐姐开玩笑说住院检测身体各项指标，等待手术的这几天父亲减肥受苦了。医生正式通知父亲进入麻醉手术室，父亲蹒跚着进去了，二姐又推开门给父亲鼓劲。医生已不让我们进去，我趁又一个病人被推进手术室开门之际，笑着给父亲跷大拇指，说阿大勇敢点！阿大你很棒！父亲笑着，也给我跷大拇指。我的眼泪再一次夺眶而出，我笑着，泪水奔涌而下，我已说不出话。

手术室外，很多前来探望住院亲友的人，神态各一，表情凝重。大多数人脸色红黑呈典型的高原红，有的人衣服不修边幅，躲在角落里抹眼泪，一看眼睛都哭肿了。他们的脸是黄土红土的肤色，他们的表情有西北风的粗粝与隐忍。生活的隐痛在他们的表情和泪水中可见一斑。有的彼此依靠着互相安慰拭泪，或斜靠在墙，或彼此将手紧紧地攥在一起，他们的内心不知翻涌着多少苦痛。

每当从手术室推出来一个病人，等待的亲属们立马把有限的等候空间围得水泄不通。引来医生一次又一次的劝解呵斥。每个人的内心都是茫然、焦虑、不安的，心里一根弦绷得紧紧的，只等最后一刻宣告某某某家属来领推病人，那表情才如雪山消融，雨后初霁。有时候推出来的不是自己的亲人，看到那些脸色蜡黄身上插满管子，戴着呼吸机的病人，我也莫名的难过。一个产妇从手术室推了出来，见到这一幕，我的泪不由得夺眶而出，不由得想起自己的女儿出生的那一刻，她从手术室被抱出来的瞬间。

健康地活着是多么不易。我静静地看着病房里进进出出的人们，脑子里迸出鲁迅先生的那句话“无穷的远方，无尽的人们都与我有关”。

在焦灼面前人很容易忘记饥饿，八点半钟麻醉师找我谈话时我也是特别紧张，从四楼走楼梯飞奔到一楼刷卡取药，头上和身上的汗都把衣服打湿了。上百号人在门口排着队，有的人站累了抱头屈膝蹲着，如弱小的小兽，上了年纪的老人颤颤巍巍地如挂在枯藤上的一片树叶。天上人间，谁不留恋生活的琐碎与平凡？在手术室外，似乎每一个人都是修行的朝圣者，这是伦理的道场，也是亲情、传统观念的道场。这里又像是群众集会的会场，时而有序时而无序，以不同的方言发表对某一社会现象、政治事件、生活琐事的观点。当病人被推出来，等候的亲属们的目光是极速的，想迅速到病人身边，给病人力量抹掉他或她所经历的所有苦痛。

在手术室门外等待的那几个小时，空气是凝滞的又流动的，凝滞着焦灼，流动着期盼和希冀，希望有好运带来好的结果。

上午11：26传来消息，父亲的一只膝关节更换好了，正在换另一只。医生问父亲痛不，父亲回答说不痛（这是后来父亲告诉我的）。守候在手术室外的大姐二姐我们三人不约而同长舒一口气，眼泪却像决堤的河坝顿时喷涌而下。

疾病是一堂课，让我们认识生命的真相和本质。住院是一门大课堂，这里有社会的种种复杂与沉重。

病床上，每一个人都是平等的战士，每一个病人都好似是我们的亲人家人。下午14：10父亲从手术室出来了，我们快速过去，此时无声胜有声，我们紧紧握住了父亲的手，父亲虽脸色微黄，脸上却一直挂着笑容。

下午16：20父亲把我们姐弟都叫到他病床前，他笑着说，他手术前心里做了两手准备，如果手术成功就好好享受我们孝顺他的好日子；如果不成功，他也死而无憾，更不后悔，因为他60岁后我们已给他做好了很体面的寿材，即便走了也无怨无悔。父亲天性乐观，他的幽默豁达，让我们心里轻松了很多。

小时候父母给我们洗脚，长大后我们远离父母，可是我们还能给父母洗几次脚？几年前单位邀请南京大学许结教授来讲传统文化，他引用论语中的话说“孝而不顺非孝也”。这也让我自省，对待父母既要孝又要顺。

高原夜晚宁静的时空，只有间或嘀嗒的心电图声音隐喻人生的起伏变化，在高潮处的人生态度，低处时心如止水，趋于平静如直线。大喜大悲的人生，最终是一条180度的地平线。

病房楼道承担起超市的功能，每当午饭晚饭时候就有人推销快餐、小吃或医疗器械。午夜的楼道有人卷着铺盖睡在楼道里，有人在家里带来的行军床上睡觉。短暂的睡眠还夹着呼噜声、呻吟声、说话声。

在疾病面前人人平等，大家仿佛同甘共苦，彼此没有隔阂地交流分享。有时凝视着输液瓶里的液体一滴一滴如沙漏滴着，仿佛那小小的容器里藏着一个钟表，是一个思考着生存、计量生活苦痛的钟表。

19日晚上快十一点，楼层陷入寂静，一个70多岁的老奶奶席地而坐在楼道门口，摇着转经筒，像一尊佛，她是在为自己的亲人祈祷吧。

病人之间不设防，敞亮着交流家庭情况：家庭成员情况、收入、病人病情，天南海北的人仿佛拥有一个共同的姓氏：疾病。父亲和隔壁床新住进来的人谈他的病，他小时候在大饥荒年代的苦，他说一放学回到家里没有吃的，兄弟几个就爬上树吃榆钱，种苜蓿。

遇到海南州牧区的病友，他讲牧区人民的善良，哪怕你家缺菜油，只要拎油壶过去，给你打满，不需要你还。如果下大雨，你家田里的麦捆没有收拾完，村里的人在你不在的情况下把麦捆收拾好，不让麦子雨淋有任何损失，事后似乎什么也没有发生。这也是现今城乡人情秩序之差别。

8月24日晚上守在病房。晚上十点以后病房的呼噜声此起彼伏，给了疲倦和痛苦一个流淌的出口，没有界限，没有藩篱，在并不均匀的呼吸和呼噜声中，世界变得安宁清晰，而疼痛仿佛一缕青烟，最终将飘散在人生无垠的荒野里。

17岁苍凉的江湖

14岁的少年应该像一朵刚刚绽放的花蕾吧，沐浴着初春明净的阳光，无忧无虑将头埋在课本里，朗读一些明快的诗词；15岁细嫩如白藕的手臂应该握着笔在明亮的教室里勾画年少的单纯梦想吧；16岁的身体应该如同向日葵，挺着腰杆憧憬美好的未来吧；17岁单薄的肩膀应该两肩轻松享受优越生活给予的安逸吧！

沾着露水的花蕾，白藕一样光鲜的手臂，向日葵一样灿烂的笑容，安逸的生活，一切被形容词点缀得风光灿烂的词与少年无关。

从14岁到17岁的四年时间里，他的足迹遍及西宁、盐城、珠海、上海、东莞等城市的饭店、酒吧、拉面馆、玩具厂、广告公司、企业流水线，繁重粗砾的体力活场所都留下了他年少的身影。现实如同一把刻刀，将他生命里最光鲜的一面，一刀一刀，一点一点剔成粉末，一粒一粒湮没在生命原本最美好轻盈的季节里。他过早地承受了这个年龄段不应承受的沉重、忧愁、艰辛、坎坷。

他是我外甥，今年17岁。见到他，你不会相信，年少的他额头上已经有了三道很深的皱纹（那时因为经常忧愁，习惯于皱眉头造成的），他的手粗糙得如同寒冬腊月里被冻坏的萝卜，他的掌心里结满了一个个生铁一样硬的老茧。

盐城：俯向面板的单薄身影

14岁那年，由于厌学，他经常逃课。后来，他受社会上一些不思上进人的欺骗，背着家人偷偷从青海乐都跑到江苏盐城的一家拉面馆打工。

那年秋天，在南通工作的我不放心在邻市盐城打工的他，一个周末我给他买了两套衣服，带了一些零食和水果赶到盐城去看他。

到了盐城的那家小面馆，一进屋，我看到他的衣服上落满了面粉，个头矮小的他踩着一个小板凳，踮着脚，身子俯在面板上用力揉面，额头上全是汗，揉面时面颊的血管随着揉面动作，蚯蚓一样一收一缩迅速窜动。

见到我，他有些不好意思，笑了笑，用手抹了一下脸上的汗，手上的面粉抹在脸上，样子像戏剧中的脸谱。他说："舅舅，你坐下歇歇，我快学会了拉面手艺，我给你拉一碗面。"说完，他麻利地从山一样堆在案板上的大面团上揪出一团面，准备拉面。

我说："不要了，我喝口水就行。"他说："你大老远来看我，吃碗面是应该的。"然后对躺在藤椅上跷着二郎腿喝茶、算账的老板说："老板，我舅舅来了，我给他下碗面，钱从我的工资里扣。"老板皱了皱眉头，吞吞吐吐地说了声"那——好——吧。"看得出精明的拉面馆老板有些不愉快。我拦住了他，说："真不要了，晚上盐城的几个文友请我吃饭，我带你一起去吃火锅。"

他请了假，和我一起去会朋友。路上我问他："老板对你怎么样？"他说："不好，我忍几年，把手艺真正学到家了我就不怕他了。"我又问："怎么不好？"他说："他家年纪比我大的小孩晚上八点就早早睡觉了，而我要揉面、洗锅、洗碗，一直要干到夜里十一二点。第二天早上还要早早起来，把面揉好。他家的孩子，睡到十点才起床。"

都是同龄的孩子，这样反差的活，让人真替他担心，长期下去，他单薄的身体能吃得消吗？他的话，让我很揪心。我说："我给你钱，你不要干了，还是早点回家去读书。"他低下了头。

那段时间，我一星期给他打一次电话，他没有手机，我就打老板的手机。我回到南通不到一星期，打电话给他们老板时，老板带着怒气说："你外甥不听话，没打一声招呼，悄悄走了，我还向你找人呢。你来后不久，他就悄悄走了，是不是你们串通把他带走了？"拉面馆老板的质问让我很震惊。

我愣住了，14岁的他涉世不深，如果被人骗了怎么办？我赶紧给大姐家打电话，大姐说，他在火车上，快到家了。

他到家后给我来电话说，他一个人从盐城坐火车到兰州，在火车上没有钱，也没有吃的，三个好心的女乘务员看了他可怜，给他给了30块钱，还给他买了方便面。到兰州后乘务员把他送到了车站收容所。

最后大姐夫从乐都赶到兰州把他接回了家，我听姐夫说"一路上他一直在感谢好心的阿姨，阿姨给他留了电话，让他到家后报个平安。到家后他就给她们打了电话，表示感谢，还邀请她们到乐都玩。他还说，等自己长大了还要专门去感谢那些好心的阿姨"。

一个14岁的少年，在陌生的城市，身无分文，坐2000多公里的火车回家，这对条件优越的家庭来说绝对是天方夜谭。可是他做到了，漂泊的生活已经让他学会了自立。

他把俯向面板的身影留给了一个陌生的城市，也把感恩的心嵌进了年少的心灵。

上海：高楼大厦间穿梭如蚁的身影

今年过了年，他又跟着村里的人到了珠海，在一家拉面馆干了两个月，由于老板对他不好，他又一个人坐火车硬座投奔在上海的老乡。后来听他说，在珠海的时候，他白白干了两个月，临走时老板连车费也没有给他。幸好他到珠海之前，大姐给了他以备不时之需的生活费，他一直藏在贴身的地方，靠着这些为数不多的钱，他解决了去上海的车费。

到了上海，他在一家广告公司干活。他经常给我打电话，我问他伙食怎么样，他说，和安徽的几个伙伴合伙做饭，每天吃土豆丝，好一点的时候就炒个西红柿炒鸡蛋。他问我："舅舅，你们的伙食肯定好吧？"我说："食堂里每天四菜一汤，两荤两素，有鱼有肉，天天吃，没什么胃口。"他显得很惊讶："这还不好啊？！你们上班的人就是比我们打工仔强，还是你好啊！有一次我们下了班，老板让我们加班，说加完班，请我们吃肉。我们可高兴了。加班加到晚上十一点多了，我们等得眼睛打架，在外面的老板一直没有回来，肉也没有吃上。你比我们幸福多了。"

进入盛夏，南方的天很热，气温常常达到35度。有一天他给我来电话："舅舅你们办公室有空调吧？我们干活的地方没有空调，住的地方也没有风扇，晚上热得睡不着觉，汗常常把衣服都湿透了。"我问："你今天干了些啥？你自己买个风扇啊。"他说："今天在一个高楼上架广告牌。吊在高楼上，我都不敢往下看。买个风扇要几十块钱，我有点舍不得。"我说："你一定要注意安全！一个人在外面，没有人照顾，要自己照顾好自己。"

我为他担心起来，脑子里浮现出这样的情景：他爬在大上海耀人的玻璃幕墙上，一根绳子紧紧地系在他身上，他一点一点从几十层的高楼下降，炽热的太阳照在他身上，汗水湿透他廉价的衣服。他没有毛巾，只能用手臂抹一把脸上的汗，然后，手脚麻利地将一个个螺丝拧进广告牌的孔里……

强光灼烧的皮肤生痛，没有人会递给他一杯水解渴，也没有人会递给他一块干净的毛巾，更不会有人为他打一把遮阳伞。他将自己蚂蚁一样渺小的身影投入大上海华丽的高楼大厦里，他年少的内心深处涌动着多少孤单、酸涩啊！而这一切，在那个繁华而又陌生的城市是没有人会理解、分担的。

想到这些，我的鼻子发酸，这就是我的外甥啊，一个17岁背井离乡的少年，一个即将历练成为一个汉子的西部少年。

在频繁的电话里，他给我讲起了在上海认识的安徽师傅的故事。

“有时候我到外面干活，没有及时赶回住所，师傅就发信息叫我赶紧回来。师傅不识字，不会发信息。师傅有事找我的时候就请人代发。有一次我们几个伙伴下了班去逛外滩。逛得兴头正起，我收到师傅的一个信息，是一个招手的表情符号。看到信息，我立即准备往回赶。伙伴们看到这个信息就问我，一个破信息就让你回家，这哪有逛街开心啊？他们责怪我不够意思。他们不知道我和师傅有个约定，师傅发招手的表情符号，就是让我赶紧回家。”“师傅也是农村出来的，对我可好了，他经常给我洗衣服，有时候还给我洗澡搓背。我也趁师傅没空的时候给他洗衣服，带小孩。”

萍水相逢的师傅，把他当作小弟弟看待，这多少温暖了这个为了生活在繁华都市孤单打拼的少年，也温暖着远方的我和家人的心。

一个月后，老板嫌他年龄小，给他结清薪水后就辞退了他。后来他看到一家洗脚城招学徒就去应聘。老板对他说：“一个月400，包吃包住。”他问：“工资能不能再高一些？”老板听了笑了，说：“老子给你这个乡巴佬400已经很不错了，愿干就干，不愿干就滚远些。”

当时，他含着泪把这事打电话告诉了我远在东莞的三姐。三姐当即给他手机上充足话费让他从上海到东莞找工作。他准备离开了，师傅舍不得他，道别时给了他10块钱，让他路上买水喝。临走前，他又悄悄把这10块钱给师傅的小孩买了零食。

师傅把他送上了上海到广州的火车。他一个人到了广州，再从广州转车到了东莞。

东莞：长夜当哭的欣喜泪影

坐了30多个小时的硬座（原本只需23个小时，中途因事故耽误了8个小时），到三姐住处时他的手脚已经浮肿了。他一见到三姐叫了声“小姨”就泣不成声。

三姐握住他的手，看他手上全是老茧。三姐问他年纪这么小手上怎么这么多老茧？他说在广告公司经常绞铁皮时磨的。

当天晚上，他和三姐聊天聊到凌晨两点。他说在珠海的时候，有一次拉面馆里来了一个穿着破胶鞋，拎着蛇皮袋，身上沾满泥巴的民工，一下就让他想起了在沙漠里打工的父亲和在建筑工地上干活的大舅。他趁老板不注意，特意给这个民工模样的人在碗底多放了几块牛肉，而且拉的面比别人的分量还多，钱收的最少。

他还说，在一家玩具厂打工当搬运工时，厂里不管早餐，早上有钱的同事们都买了肉包子吃，唯独他不买，饿着肚子等厂里的午餐充饥。有次，由于个子小，又没吃早餐，一个大箱子差点把他压倒。

说到这里他的眼泪像溃坝，泪如雨下。三姐听着他的讲述，陪着他流泪。

“在上海的时候，我们到外面给客户送招牌，中午天热，同事们都买了矿泉水喝。当时我身上只有两块钱，到了商店门口正想买瓶水喝，过来了一个腿脚有严重残疾的人，看到那个人，我没有多想，拿着两块钱蹲下来放进了他碗里。同事们笑我说：小车（外甥姓车），人在外面混，要收起自己的善心，不要被欺骗了。我说：我们有手有脚，吃点苦就能挣到钱。这兄弟想吃苦，可身体不容许啊，再说我也有这样一个腿脚有小儿麻痹的表弟。”

“有一次在网吧里，我在看舅舅的博客，一个伙伴叫我打游戏，我没有打。他看到我在看舅舅的博客后笑我说，‘哎呀，一个穷打工仔，竟然还装书生，太难得了’。他们哪里知道，我看了舅舅的博客，就像见到了舅舅一样。我现在包里装着词典，闲的时候我就认字，我初中都没有毕业，我要多识些字，以后总会有用的。”

那晚，他把师傅请人帮着发的信息一一翻给三姐看，在信息里师傅说，“小车，晚上火车里空调凉，不要脱衣服，防止感冒。”“你如果在广东找不到合适的工作，还是回到上海来，师傅帮你找，我们一起干。”“火车站很乱，你不要和陌生人说话，你小，容易上当受骗。”

暖心的信息，字字真情，句句动人，听了姐姐电话里读给我的信息，我心里默默为那个师傅祝福、致敬。

外甥还告诉三姐说：“我妈经常在电话里问我在外面怎样？即便我受再多苦，我也不会告诉她实话，我怕她为我担心。小姨，我现在知道了什么是忧愁，什么是烦恼。今年我姐姐考上了大学，从现在起，我把每月的工资只留50块，其他的全部交给你，你存起来汇给我姐上大学。”

不久，三姐给外甥在一家外资企业找了一份工作，三姐把他送到那家企业上班的第一天，当听主管说加班有加班工资时，他立马当着那么多的人很认真地说：“我从今天开始就加班！”他的话一下子把人家逗笑了，主管说：“小家伙，钱是挣不完的，你别急，慢慢来，以后加班的日子多着呢！”他腼腆地低下了头。

江湖很大，江湖很小；江湖孤单，江湖温暖。我看见一个17岁的少年在江湖起起伏伏的风浪里，升起他落满风尘的帆，背后是小小航船走过的曲线，远处是生命苍凉的背景，苦涩与幸福交织，荡起层层涟漪，他一点一点，驶向人生的深处。

第五辑

镌刻在记忆中的人与事

走过路过，珍惜那路上一双双流淌纯真、盛纳清风蓝天白云的眼睛吧，

那眉宇间舒展着尘世间最干净的笑容，那稚嫩的喉咙里传递着天籁般美妙的音符，

那无邪的眼神里写满了最单纯的洁净之爱。

探路者

我想描述一束光/它诞生于我的内部/但我知道它/并不像任何星光/因为它并非那样明亮/那样纯粹/它并不确定

——波兰诗人　齐别根纽·赫伯特

春天的时候我被借调到上级机关从事某项政治活动的宣传工作。那段时间，每天上午九点多，当太阳迈着慵懒的脚步，缓缓地从我办公室的窗前走过时，离办公室不远的人民路上就会准点传来有节奏的“当——当——当”声，这声音总能让我停下在键盘上敲打标语口号、汇报材料、通讯简报的手指。推开窗，循声望去，人民路上车来车往，我无法清晰地确定“当当”声的来源。

这“当当”的响声总要持续七八分钟，天天如此，这极大地勾起了我探个究竟的强烈欲望。

那时候，人民路上的白玉兰开得无比旺盛，像一个突然翻身得势的小人物扬眉吐气；又像一个压抑了很久的三流明星，一下子登上了盛大的舞台，被如雷的掌声所包围，突然而至的追捧，让他有点眩晕，掌声所给予的自信一下子让他忘记了过去遭受的冷遇和落寞，于是白玉兰开得比其他花还热烈。

“花开鸟惊心”，白玉兰开了，我无法断定哪只鸟因此惊心，恐慌地四处逃窜。但我可以肯定，人民路上的“当当”声一定惊吓走了广玉兰树、梧桐树上正在为春天甜蜜地抒情讴歌的麻雀。“当当”声打破了小市民一样传播绯闻和小道消息的麻雀们的聒噪。每天，我的神思总要在这持续七八分钟的“当当”声中停下来，陷入一种遐想。

有一天下班后，我在单位门口看到了一个年纪看上去有五十多岁的盲人。他穿着洗得发白的衣服，戴顶破帽子，低着头，左手持一根竹竿，小心翼翼地，一点一点将竹竿举到脚前，轻轻地在地面上划一下。右手紧紧握着一个烧饼大小外形像锣的黑铁器，铁器钻了一个孔，一根细绳穿孔而过拴了一个小拇指粗的螺丝钉。他每走一步，先晃一下铁器，螺丝钉就敲响铁器发出“当当”声，声音响过后，他才挪开步子，向前迈去，然后再用竹竿轻扫路面，周而复始……

我明白了，他以这种方式提醒人们不要碰了他，避让他，或者他在避让别人。这最简单的方式传达了一种最直观的自我保护意识。

我驻足，观察着他一点一点前行。人行道上的非机动车和行人小心地避让着他。这一幕，让我把他当作了哲人，仿佛世界的秩序、玄机、规则都掌握在他的一根竹竿和一件铁器里。

六个月后，那场政治活动结束了，而我也在一场欢送的酒宴后回到了原单位上班。至于我在这场活动中编了多少期简报，写了多少宣传稿，是否得到了领导的什么评价，我全不记得了，但那富有节奏的“当当”声像扔进河里的一块石头，溅起大片的水花后，一直留在我记忆的河床。那时候我就想，我总该为这个别样的春天，以及这个季节里的“当当”声写下点什么。

秋天的时候，我的新房装修即将接近尾声。一个周末，下起了薄凉的秋雨。我到离单位五公里外建材市场选购建材，买好东西，出了门，我竟然在人流如织的市场门口看到了那个熟悉的身影，听到了那熟悉的“当当”声。天呐，他竟然一个人在雨中从这个城市的最西头走到最东头，其间有近十里的路程啊！一路上有十几个红绿灯，那么多的车辆，那么多的行人，那么多错综复杂的路口和拐角，他是怎么辨别东西南北的方向和进进出出的道路纵横交错呢?

是不是他内心深处藏着一本活地图？是不是他坚硬的脚板与这个城市的水泥沥青路面达成了某种默契，彼此吻合着一个盲人黑暗的世界与这个城市光明角落的某种气场？是不是他用高度灵敏的耳朵清晰地印下了这个纷繁城市的喧嚣与安静？他以如履薄冰的谨慎，穿过城市的喧嚣顺利地避过了随时有可能发生的凶险。

或许，盲人的世界里，耳朵就是他的眼睛，而脚仅仅是他依附大地的一个行板。他的“当当”声响彻了这个城市的大街小巷，而他的竹竿如探测器一样，探测着这个日新月异的城市里每一处繁华和背后的荒凉。

他更像个冲锋陷阵的先驱者或者战士，以高度的注意力和勇气，探索着这个城市的每一点变化，排除了脚下的外来凶险所在。从他那稍微倾斜的腰和紧握着的手就可以判定，那谨慎的态度丝毫不亚于一个优秀的排爆专家或扫雷先锋。

在雨中，他孤单独行，神情专注而又虔诚，像朝圣的信徒；他躬身的姿势又像俯向大地耕作的农民。似乎他身边车辆刺耳的喇叭声，市场里顾客与商家讨价还价的计较声，店铺门口的音响里歇斯底里的流行歌曲声，秋风吹向挂在街道上的布标招牌声统统与他无关，他只是心无旁骛走往自己的方向。

他从城西走到城东要花很长的时间。手中除了竹竿、铁器外两手空空，既不像购物的样子，又不像出门办事的样子，或许他只是为了闲逛消遣一下内心的孤独和寂寞，或许是为了测量这个日益扩张和膨胀的城市到底有多大的城府。

几天后我和妻子饭后闲聊，无意中聊起这个盲人，在城市东北角工作的妻子说，她在学校门口也经常会看到一个年纪有五十多岁，手持竹竿和铁器站在校门口的盲人。他的样子既不像接送孩子的家长，也不像在等人。

妻子的讲述让我大为惊叹。这样说来，我估计他每天早上吃过饭，离开家，在这个城市的东西南北的各个角落、街道、巷子探路。这令我对他刮目相看，更肃然起敬。

我想起巴黎圣母院中那个孤独丑陋的守钟人卡西莫多，他守着一个圣院的钟和人性，而他何尝不是在守望着一个城市的良知和光明？

又是一个周末，我从书店出来，在门口的红绿灯处等候，我又看到了他。他走到等待区，几个头发染成棕色的年轻人看见了他，说说笑笑不怀好意地凑到他跟前，调笑他说：快过啊，绿灯亮了，还等什么？有人甚至用脚踢了他手中的竹竿。其实离绿灯还有几十秒的光景，那几个染着棕色头发衣着时髦的年轻人丑陋的一面在这个阳光灿烂的正午原形毕露。我有些愤怒了，准备走上前为盲人引路。一个从饰品店出来的女孩抢在我前头，走上去拉着他的衣角，准备为他引路。

绿灯亮了，霎时，一个城市的人性也亮了。小女孩把他引向路对面。几十秒的红绿灯让我在瞬间见证了一个城市部分人灵魂的灰暗和崇高。这一刻，一个城市在我眼里真实起来，一部分人变得矮小，一个人高大起来。

我回味着刚才的一幕，总举得盲人身上有一盏洞察人性的灯，有一股神秘的力量。除了好心人的引导、帮助，看不见光亮的他，在没有任何外力指引帮助的情况下，每天是如何辨识没有语言的红绿灯？

我想起了小说家毕飞宇在其写盲人部落的长篇小说《推拿》一书中的一段话，他写道：神说，要有光，于是就有了光，可有些地方却一直没有光。朋友说，没有光也要好好活，他们就始终好好地活。

依我的理解，没有了光，好好地活就是信仰，就是他们的光。没有了光，他们心系一念，体内的能量就积聚到耳朵、嘴里、脚下，引导他们在不同的方向感知世界的冷暖；没有了光，声音就是他们的光，指示他们在喧闹之中用神力迈过命运道路上的沟沟坎坎；没有了光，他们就在心底最大限度地节制自己的欲望，心平气和、气定神闲，以超强的宁静和历练蹚过世俗的波澜。

我不知道，风里雨里满城转悠的他，是否受过伤，流过泪；我也不知道，他们内心的光是什么形状和色彩。上帝给他关上了眼睛这扇门，又给他特赐了常人不具备的听力这扇窗。是不是他的灵魂深处有那么一个雷达和超声波段，让他敏锐地把不同角落、路段的一个个声讯波化为内心深处的一束光？

后来，我曾在城南的菜市场门口、超市门口、银行门口、站台下多次见到过他。每一次见到他，我都要驻足仔细观察。在世俗的场景里，他的身影在我头脑里一直是哲学家、观察家、探路先驱者。当我们在观察他的时候，他又以怎样的心态观察这个在他眼里抽象而又具体的世界和人群？

阳光下，他手中的铁器又敲响了，铁器中心被螺丝钉经常打磨的地方已经明亮如镜，鉴别着这个城市的黑与白，又像极了一个初升的太阳，普照着这个尘世的善与恶。铁器和竹竿成了他最忠实的伴侣，一路上分担了他多少孤独寂寞？

想必，这个太阳一般的铁器是他的一只眼睛吧？这根竹竿是他不为人瞩目的脊梁吧？每一次“当当”声都是他心底的一声声呐喊吧？仰仗着这只眼睛和不会弯曲的脊梁，他在世界的任何角落能否畅通无阻？

赫伯特还在诗中写道，“以另外的方式/我愿以所有的隐喻/换回一个词/它像肋骨一样出自我的胸脯/换回那个词/它遏制在我皮肤的/界限之内”。他用竹竿接通大地，他敲响了文明，也缔造了一个新的秩序。他稍微停下来叹息，为世界的某个角落可能会发生的苦难；他露出笑脸，头顶的天空肯定多了一道彩虹；他跌倒在地上，或许地球的某个方向会裂开一道伤口；他孤单地爬起，或许城市的棋盘上会下上一场滂沱大雨。他流出浑浊的泪水，远处的某条河流或许几近干涸。他擦干眼里的泪水，能否拔出这个世界上良知已经荒芜，信仰已经流失的人们身上的那根刺？

这个安静的冬日夜晚，我写完了这篇留给春天的文章，但他那有力的“当当”声如划亮夜空的惊雷，一直回响在我的耳际。

18岁雨季里的《凤凰花》

18岁那年她上高三，文文静静就像一株墙角里独自绽放的兰花。她的眼神很忧郁，如同秋天里明净的湖水，泛着没有任何杂质的光，让人仿佛一下子就能看穿她心底的事。课间休息的时候，她经过他的桌旁，轻轻一瞥，四目相对，她浅浅一笑，酒窝里泛起红晕，然后迅速低下头，长长的秀发从身后散开来，瀑布一样，遮住她腼腆的脸庞。那是怎样的笑啊，轻轻的，淡淡的，柔柔的，如同春夜里悄声润物细无声的丝雨。她走过了，一股淡淡的香味，仿佛三月鹅黄杨柳下的清风，夹裹着田野里的菜花香，让人不由得迷恋起来。那腼腆里有一种摄人心魄的美，让人心疼，又让人莫名欢喜。

从那一天开始，他总是有意无意地期待她进出教室时给他投来羞涩的眼神和腼腆的笑容。当走到她身边，他的心跳不由得加快，只有他清楚年少的心里汹涌着多少朦胧的好感，那积蓄在胸底的潮水，一下又一下冲击着他被学习闸门牢牢拦截在心底的好感。

他是班长，班里大大小小的事情都需要他来组织解决。有一次和隔壁班进行篮球比赛，他打前锋，一米八的个子生猛威武，凌空一跃抢球，球牢牢地扣在怀里，然后迅速起跳，稳稳地将球投进篮筐里。她是啦啦队的一员，站在队伍中热烈地为他鼓掌，手掌都拍红了。她的眼睛随着篮球场里他的身影而转动，每当他带的球失手被对方班的投进球篮时，她比谁都着急心疼，仿佛打球的是她而不是他。最终，那场球她们班输了。他走出球场，白白的运动衫上全是汗，头上的汗水水一样往下流。她跑过来塞给他一瓶可乐说："给你！"垂头丧气的他抬头看了一眼她，她的眼里噙着泪水，她迅速低下头，跑开了。

"这个丫头！"他望着她的背影，一声叹息。

离高考越来越近了，忧伤像雨季里从雨水中得到鼓舞的青草一样疯长。他经常性做梦，梦见自己和她在河边的青草坪上背靠着背看云、看夕阳。梦醒后他就不停地自责，懊悔自己不该那样。

有一天晚自习，班主任没有来，同学们自己复习。教室里静静的，窗外突然下起了雷阵雨，闪电交加。快下课的时候，"啪"的一声，一个纸团掉在他桌子上，他抬头，纸团正好打在头上，掉在地下。这时班主任进来了，他严厉地质问："谁在胡闹？把纸团捡起来交给我！"同学们抬头望望老师，又看看他。窗外一声惊雷，突然教室跳闸停电了。整个教室陷入黑暗。片刻后来电了，地上的纸团却变了形状和大小。他感到纳闷。

她不敢抬头，忐忑不安等待老师的批评。

他将纸团捡起来交给老师，老师当着全班同学的面念了起来："有志者事竟成，苦心人天不负！"老师的脸上没有了刚才的严厉和威严，说："不错，很有上进心，继续复习吧。"

毕业放假的前一天，全班同学联欢，老师提议班长带头唱首歌。他站起来，看了看她，说："把这首歌送给全班同学，希望大家金榜题名，同时希望毕业后同学们经常联系。"他唱了郑智化的《凤凰花》：

梅雨季节刚刚过去/骊歌初唱的夏天/仿佛耐不住寂寞的孩子/如火如荼的凤凰花/互道珍重临别依依/几番晨昏的笑语/展翅飞翔自己的天

空/明日相逢在天涯/哦，凤凰花/为整个离别染上祝福的颜色/凤凰花/思念像花瓣在秋风中凋落/凤凰花/像青春不能避免短暂的邂逅/凤凰花/像年少不经事的你/不经事的我

他的歌声赢得了全班的一致喝彩，那天几乎所有的同学都表演了节目，唯独她除外。散会后，他最后才离开教室。她一直站在教室外面，等他离去。他在门口遇到了她。“你怎么还没有走啊？”他问。她有些惊慌：“我，我把一本书忘在教室了。”“那一起走吧！我等你。”他一脸阳光，对着她笑。在回去的路上她问：“那个晚自习你为什么要调换我写给你的小纸条？”他不解：“我没有调换啊，不就是一句古人的人生格言吗？有什么特别的含义吗？”她摇摇头说：“没有，我到家了，再见吧！”

那年九月他被西安的一所大学录取，而她被本省的一所师范录取。在大学里，他依然是那么优秀，身边总是围绕着女孩子，然而他总是无动于衷，心里常常牵挂着她，经常给她写信打电话，也委婉地暗示她，希望她成为他的女朋友。然而他没有收到她的只言片语，更没有接到她的任何电话。每次打电话她寝室的舍友说她出去了，不在。

后来，他有了自己的女朋友。大三那年寒假，他和已经上大学的几个同学聚会，个个喝得面红耳赤。一个醉酒的同学说：“班长，有件事情请你原谅。高考前突然停电的那个晚自习，我看到坐在你后边的她将一个纸条扔给你。我知道，是她给你写的信。当时我一直在暗恋她，并悄悄给她写过信，但是她对我没有任何表示。当她把那个纸条扔给你时，趁停电之际，我迅速将纸条捡起来，随手将自己文具盒里的一条格言揉成纸团扔在地上。恳请你原谅！”

三年前的往事如一幕电影胶片一样，渐渐清晰起来，他猛然想起了那次联欢会后她问他的问题。他哽咽着唱起了那首《凤凰花》：

哦，凤凰花为整个离别染上祝福的颜色/凤凰花/思念像花瓣在秋风中凋落/凤凰花/像青春不能避免短暂的邂逅/凤凰花/像年少不经事的你/不经事的我

忘不了那无邪的眼神

几个月前省作协安排我们第18届青年作家读书班的学员到安徽一个风景秀美的小县城采风。

一到秋浦河，我们就被当地青山绿水所吸引，河水清清，芳草丰美，青山葱茏，瓦舍俨然。我们散漫穿行在当地的古村落，不停赞叹如世外桃源般的风景。在给同学拍照的时候，我忽然发现，一个看上去十一二岁的小男孩跟在我们身后，我们走，他也走，我们停，他也停，我们走走停停，他也走走停停，总是在不远的地方和我们保持很近的距离，眼睛直直盯着同学身上的背包。

起初，我以为那个小男孩是无意盯我们的，可是走了很长一段路，游了几个景点，他仍然跟着我们。这让我们有点纳闷，同学的背包里有相机、手机、银行卡、证件等一些值钱的东西，莫不是他盯上了我们的钱财?

同学也注意到小男孩了，她说："他是不是有什么企图？怎么总是盯着我的背包？""要提高警惕，当心点，我走在前面，你走在后面。这样，如果他有什么不良心计，我会挡着。"我们几个同学有的走在前面，有的走在后面，护卫着同学背包里"值钱"的东西，继续游走。

让我们想不到的是，也许是我们挡住了小男孩的视线，他跟了上来，走到同学的左侧，眼睛直勾勾盯着背包，神情怪怪的。

他的反常举动，让我们有点不舒服，有的同学悄声说："这个小男孩，太令人反感了！"这样一说，原本说说笑笑的我们没有赏景吟诗的兴致了。

在一个古桥上，一个同学建议让背包的女同学把背包背到前面，这样就可以避免发生被盗了。或许是同学过于敏感，她把包放到胸前后，打开包，查看了一下里面的东西，东西一样不少。一个同学说："你就放心地游玩吧，一个小毛孩不会干出什么大事情。"

小男孩还是和我们保持一定的距离，同学把包移到胸前以后，他又跑到前面，眼睛盯着包。背包上的小绒熊随着脚步，在风中一甩一甩。

中午，我们拐过一个老巷子后，小男孩不见了。我在一家老宅前点了一根烟，一支烟的工夫，小男孩又不知从哪里冒了出来，而且还带了两三个年纪和他差不多的小孩子，他们有男有女，衣服有点破旧，看上去有点寒碜。他们说着我们听不懂的方言，间或对同学的背包指指点点，似乎争论着什么。

胆小的女同学小声说："我经常在媒体上看到，一些落后地区的景点里常有一些小孩子被大人教唆着，乘游客不注意，结伙偷窃游客的财物。莫不是他们跟着我们图谋不轨？"有的同学安慰说："不会的，这些孩子那么小，手无缚鸡之力，哪有胆量干坏事？况且，大白天，我们人这么多，料他们也没那个胆。别听那些无良媒体不负责任的报道，蛊惑人心。"旁边的同学附和说："看他们那清澈的眼神，憨憨的样子，他们不会做出格的事情。"

我们交头接耳的时候，他们很快消失不见了。我们表面上没说什么，心里轻松了许多。

后来，我们在一家农宅里吃饭的时候，那几个小孩子提着个布兜，你推我，我推你，扭扭捏捏走了进来，靠近我们。那样子很腼腆可爱，拥在后边的小孩推了一把前面的孩子，欲言又止，似乎让领头的大孩子带头和我们说话。

我走上前，问带头的小孩："你们吃饭没？今年几岁了？上几年级了？如没有吃饭和我们一起吃好不好？"

他脸瞬间红了，低下头，揉搓衣服上的纽扣，沉默了瞬间，他似乎鼓了鼓勇气，说："哥哥，那个姐姐背包上的小绒熊太可爱了，能让我们摸一摸吗？"

刹那间，电光石火，原来，他们跟了我们大半天，走了那么长的路，就是为了摸一摸背包上的小绒熊啊！

我的脸红了，女同学的脸红了，刚才结伴的同学们脸都红了。

女同学笑着说："是吗？谢谢你喜欢这个小绒熊，那你们来摸啊。"说完大方地把小绒熊摘下来给他们。

他们紧紧地围拢在一起，眼神里写满了兴奋、高兴、憧憬，像秋后湛蓝的晴空，像清晨草叶上的露水，清澈、无邪、明净。你一下，我一下，他们叫嚷着，笑着，笑声如同风铃。

这可爱的样子，让我们心里有点愧疚。同学说："喜欢就送给你们吧。"

令我们想不到的是，带头的那个小男孩接过小绒熊，从布袋子里拿出一束花说："姐姐，我们可不能白摸白要你的绒熊。这是我们从山上摘的野花，很香的，你们带回家插在水瓶里，可以养很长时间呢！"

同学们面面相觑，我看到女同学的眼里有了一丝泪水。

回南京的路上，同学们很诗意地感慨。有的说："我们自以为是的坚硬之心，褶皱之心，瞬间被一道道暖阳密密地烫过，面对这些孩子清澈的眼神，我有一种想流泪的冲动。"有的同学说："这些年，我去过很多地方，看惯了城市的时尚繁华，看多了那些气势磅礴的名山大川，但这次采风，是最受教育的一次，这里的景点是最难忘的景点。"我无心看车窗外的风景，脑子里回想着当时的一幕，我在想：你为小小的他们惆怅、内疚，他们却满心欢喜，没有忧虑和邪念，就像蓝天上的一朵白云一样纯洁的眼神盯着你背包上的小小绒熊，他们花朵一样的心，露水一样的眼神啊，早已将我们成人世故的城府软化坍塌。

“爱”是天下最美的风景。泰戈尔说“天空没有鸟的影子，我心已飞过”“我只想拥有一片绿叶，你却给了我整个天空”。那天，我们连一片叶子都不想要，却得到了整个春天，自以为是的我们，配吗？

我对自己说：走过路过，珍惜那路上一双双流淌纯真、盛纳清风蓝天白云的眼睛吧，那眉宇间舒展着尘世间最干净的笑容，那稚嫩的喉咙里传递着天籁般美妙的音符，那无邪的眼神里写满了最单纯的洁净之爱。

石匠的黄昏

打我记事起，石匠就在村东头的一个石场里采石头，雕刻石碑、柱墩子、马槽、猪槽等一些村里人家常用的物件。

那时候，如果谁家盖新房子，支撑屋檐的柱子少不了柱墩子，石柱墩子像只脚，稳稳地撑起木柱子，既发挥了石头防潮、防蛀、固稳的作用，又延长柱子的使用寿命，深得乡民们的青睐。乡亲们盖一间房，前屋檐最少需要两个柱墩子，盖五间房最起码要九个柱墩子。而这些柱墩子正是石匠的作品。石匠的要价不高，一个石头柱墩子10块钱，算是很便宜的了，这样的实惠提高了石匠在村子里的地位。

年少时，每当黄昏，我们放学后没事干，就背着书包，到石匠的作坊玩。石匠头上戴着一顶帆布做的黑瓜皮帽，戴着一副镜片有酒瓶底子厚的眼镜。他一手拿着铁凿子，一手拿着几斤重的锤子，对着用铅笔画着斜斜花纹的圆形柱墩子，一锤一锤地打、凿、磨。锤子落在凿子上，凿子顺着已经画好的花纹，一道一道自上而下刻去。石头的粉末雪花一样从石头台子上纷纷扬扬落下来。每用锤子小心地敲一下凿子，他就在手心涂一口唾液，然后牢牢地攥住锤子，细细地瞄准花纹发力。凿子不偏不斜，稳稳当当地落在花纹上。他的样子格外专注，似乎手中握的不是一把凿子，而是掌握着一艘航船，如果航向偏离了，这个航程只能无功而返。

叮叮当当的碰撞声有节奏地回响在石场里。夕阳照在他弯曲的脊背上，尽管下午天已经凉了，但是他的汗衫随着凿子的起起浮浮，渗出一层层汗，汗衫上有的地方结成了盐渍。他高高抡起铁锤，举过头顶的时候，腮帮边上靠近太阳穴的血管隆起，像移动的蚯蚓一样，似乎随时有可能穿过脸皮奔涌出来。我们真替他担心，乘着他不注意的时候，指着他面颊上的血管筋脉悄声议论。或许他感觉到我们在议论什么，便停下手中的伙计，转过身说：小家伙，放学不回家干啥？回晚了，你们父母可要打屁股了。

我们你推我，我推你，你推我搡，挤到石台前，怯怯地摸他雕刻在石墩子上的花纹，有牡丹，有芍药，有鱼有龙有凤，有的石柱子上还刻着“花开富贵”“金玉满堂”“年年有鱼”之类的字。霞光照在那些已经雕刻打磨好的柱墩子上，还有一些余温。我们惊讶于他那双关节粗大，指甲又黑又厚的手怎么能刻出这么好看的花和字。

说实话，当时我太崇拜他了，为什么他这么一个五大三粗、年过半百的人就能刻出这么好的图案和文字呢？我们的老师画的花还没有他刻的好看。我天真地想，是不是他心里藏着一只什么看不见的神奇的巧手，把花纹的美由内而外地传递到手心，再由手心传到凿尖，一点一点地变成花，变成鱼，变成苍劲拙朴的文字？

暮色越来越浓了，就像刚泡好喝了两开的粗浓茶。我们坐在石头上，看着他雕刻。他刻好一个柱墩子后问我们：好看吗？好看就让你家大人盖新房子，我给你们打柱墩子，要多好看就有多好看。

他的话，让我们不知道怎么回答，背着书包一步三回头离开石场。走在回家的路上，我们不忘赞叹他灵巧的手艺。

那晚，我做了一个梦，梦见自己家也盖了新房子，屋檐下的柱子下撑着的全是他刻的柱墩子，每个柱墩子上刻满了栩栩如生的花鸟虫鱼。

大概一个多月后，村里下了一场大暴雨，邻居家的几间老房子倒塌了。过了几天，邻居家的满秋子告诉我，他家要盖新房子了，柱墩子全部由石匠雕刻。说这话的时候，他一脸的骄傲，似乎我们内心无比崇拜的石匠就是他自家人。这让我羡慕不已，没想到我的梦被他家实现了，我很是嫉妒。

又过了几天，满秋子的哥哥从拖拉机上摔下来，摔断了腿，住进了医院。他们家请来道士讲迷信，道士说，满秋子家有一股很重的邪气，需要找一块大石头镇压，否则家里总不太平。后来他们家打地基的时候，在西南墙角立了一块山形的大石头，石头上从上到下刻着几个有力的大字“泰山石敢当”。我不知道这是啥意思，有一次放学的时候跑去问石匠，他说就是一切病头灾难都能被这块泰山一样的石头镇得住，镇住后家里就太平了。

石匠太神奇了，他竟然能在一块大石头上刻上几个字就能让这家人过上太平的日子。我更加崇拜他了，心里想，长大了也当个石匠，那多风光啊！

上了初中，我们到离村子很远的深沟村上学，很少有机会经过石匠的石场了。村里盖新房子的人家越来越多，石匠更忙了。初中毕业的时候，一个清明节的黄昏我们去上坟，路过石匠的石场，他正在雕刻柱墩子。多日不见，他已经很老了，两鬓全白了，衣服也被石头磨烂了，像冬天的芦花一样，一片一片地随着身体的起伏飘出来。他的腰微微佝偻着，手中的凿子也不怎么顺了，一锤下去，不是偏了就是斜了。以前叮叮当当的敲击声现在听来都像是身患疾病的老人在哮喘，声音不再干脆、利落、悦耳。他的姿势不再有力，父亲给他发了根烟，他点上后坐在石块上喝茶，对着被刻坏的柱墩子叹息。夕照散漫地洒在他身上，他身后是一片白茫茫的石头屑子，场面看上去有点苍凉落寞。

在路上，父亲告诉我，许多人家不再盖以前那种有两柱子流水式的房子，有钱的人家全盖起了水泥盖板房，又宽敞又气派，以前的房子样式明显落伍了。加上石匠年纪大了，打的柱墩子不如以前，有的用了不久就裂缝，柱墩子上刻的花纹不如以前灵秀，线条又粗又笨，很少有人再买他的柱墩子了。

我听了，有点伤感。他的那些图案，一直在我的脑海里鲜活着，游着，飞着。

后来，我上了大学，再后来我到外地工作，我近十年没有经过他的石场了。有一年冬天回家，春节上坟烧纸经过石场时，石场里长满了荒草和树木，树已经落光了叶子，随风摇晃的样子很容易让人想起村里那些失去依靠，无力抵抗岁月的孤单老人。草木枯得如同生了一场大病，似乎精气神全被这寒风抽走了。凌乱的石场上孤零零躺着几块大石头，石头被风雨腐蚀得生锈。这，还是见证石匠匠心雕刻的那个石场吗?

物是人非。猛然间，我想起了石匠，想起了那段年少的时光。我问父亲，石匠还好吗？父亲说，早已不在了，是得肺癌去世的。我的心揪了一下，有一种想流泪的感觉。父亲说，石匠想把手艺传给他的儿子，儿子不愿意，他又想传给孙子，孙子更不愿意，他们宁可到城里做生意打工，也不愿意干这又苦又累的活儿。再加上村里没有人愿意买他的柱墩子什么的，石匠没有了生活来源，几年时间就病倒了。临走时他还把早几年给自己打的一对石狮子带进了坟里，哎……

父亲长长地叹了一口气说，世事无常，很难预料啊。石匠卧病在床的那几年，让儿子到邻村请别的匠人给他打了一块墓碑，墓碑上打了两个让人很不可思议的字：回家。这让村里人琢磨了很久，也议论了很久，真不知道他到底在想的是什么，村里人都说他是个怪人。

我突然想到了尼采的一部著作《偶像的黄昏》，没有读过哲学的石匠是不是从坚硬的石头中明白了什么？在时间面前，不知道是石匠硬气还是石头硬气。石头依然在，石匠驾鹤去。那些带有他体温和力气的柱墩子还静默地蹲在村里一些破败的老房子里。

气派的盖板房让没落的木头房在黄昏的夕照里顾影自怜。起风了，从远处吹来一片茫茫风沙，让人不由得怅惘悲悯。石匠的手艺在今天失传，石匠在黄昏里走了，接下来该轮到谁走了？在时间无垠的风沙中，村庄无语，石头无言，无言的石头似乎在怀念着什么，又似乎在嘲笑着什么。

屋顶上那些人

南方雨多，在滋润鱼米，带来鸡鸭肥壮的好处之外，也带来了麻烦，既让南方烟雨迷蒙浸透灵气，又让房屋瓦舍常年浸泡，漏雨漏水。爱也不是，恨也不是。

南方的雨在夏天和秋天像仿佛攒足了劲的纺织工人，绷紧每根神经，抓住一切机会纺织出那帧叫雨季的风景。到了冬天，雨仿佛累了，就躲在云彩背后，再也不肯露面了，这给那些从事专修楼房漏水的手工匠人带来了生活的福音。我所在的城市，每到秋冬交替的时节，就有从安徽一带过来的匠人，三五成群，开着农用拖拉机散布在城乡接合部、城市没有城管出入的大大小小的小区内，从事专修楼房漏水的营生。他们一般都是一家人或者有亲缘关系的结成一支队伍，卷着铺盖，把车厢扎成帐篷的模样，在拖拉机的车厢上高高挂起一块广告牌子，上面用红漆写着“专修楼房漏水”。白天就在小区内找活干，晚上就随便歇在城市的某个角落。

我上下班的路上经常看到他们将车停在路边，无聊地打牌，聊天，晒太阳，等生意。吃饭的时候，就从附近的餐馆里要一瓶开水，泡方便面，就着馒头吃。天冷了，我总是莫名地为他们担心，晚上睡在车上太冷了，不知他们怎样挨过去的。

前几天，回乡下，恰逢住在岳父家后面的一个亲戚请他们来帮着修补漏水的屋顶。那天突然降温，尽管太阳像个干瘪的柿子挂在天空，但没有一丝暖意，冷风嗖嗖地刮着，像个流窜犯，携着刀子的寒冷锋芒，东奔西走。冷，像犀利的刀，刻进骨头里，我躺在阳台上，开了取暖器，在太阳下看小说，但还是有点冷。看书有点困了，就下楼活动筋骨。无聊之际，走到屋后，到亲戚家打发时间。一口大黑锅支在他家门口，一个师傅穿着沾满油污的粗布衣服不停地将干柴送进锅底，锅里在熬沥青，黑乎乎的沥青冒着刺鼻的味道，吸一口胸腔很难受。整个房子周围，都弥漫着沥青的味道。干柴在风的鼓舞下，燃烧得十分旺盛，像极了那些在争斗中占上风的人。烧火的师傅给锅膛里加足了柴，就过来和我聊天。

师傅很年轻，看起来三十多岁，但一脸的沧桑，年龄与外形极不相称。我给了他一根烟，问他：你一天能挣多少钱？他接过烟，放在鼻子下嗅了嗅，很谦卑地笑笑，说："谢谢，谢谢。好烟呐！闻起来就很醇。我们干力气活的挣不了多少钱，哪像你们吃公家饭的，天冷了，坐在办公室吹吹空调，看看报纸，喝喝茶。好的时候，一天能挣几百块。我们除掉成本，也所剩无几，勉强养家户口而已。不好的时候，甚至一星期也等不到一个生意。难啊！"

楼顶的人看他在抽烟，就走到屋檐大声喊道："你还偷闲啊！我们在屋顶撅着屁股，弓着腰，吹着冷风，忙的像个虾米，你却闲聊抽烟，图轻闲。还想不想挣钱？快把沥青舀给我！"他赶紧跑过去，接过楼上的用绳子降下来的胶皮桶，麻利地拿起一个长柄大勺子，从锅里舀沥青。然后挂在绳子末端的挂钩上，让楼顶的人接上去。舀沥青时，他对着楼上的人讨好地笑笑，说："要不你下来歇歇？"

看得出，楼顶的人是他们这支队伍的主管。烧火的师傅蹲在地上用力将一根粗壮的桑树条折断，扔进锅膛。火势更旺了，锅里的沥青煮沸了，冒着气泡。难闻的味道更浓了，我捂起鼻子。他见状后说：你离远一点！稍微会好受些。

我从里屋给他倒了一杯茶，让他进屋暖暖身子。进屋后，他有点拘谨。他看到我昨天给亲戚家的孩子买的肯德基，问："这个是不是很好吃？贵不贵？城里的孩子兴这个？"我说："一桶也就三四十块钱。""啊？这么贵啊！三十块钱在我们那里的农村能买到两只鸡了，不划算，太不划算了。有一次我带上小学的孩子进城，他看到城里的孩子在大人的带领下吃着肯德基，我儿子想要，我没有舍得买，他就哭了。我就骗他说，那是城里人专门给缺钙的孩子买的，你身体好不缺钙，吃了会生病的。听了我的话，他就不闹了。那一刻，我心里也不是滋味，想想一个父亲，竟然连自己的孩子吃一块鸡肉的愿望也满足不了，实在太寒心了。"说完，他低下头，扳着手指比画着。

我问：你在算什么？他有点不好意思，脸微微有点红，说："我算算看，我少抽几包烟才能为儿子买一桶肯德基。我一天抽一包两块钱的烟，至少得少抽15包烟，才能满足他一次。"说完，他隔着窗子看到锅膛里得火快熄灭了，赶忙出去加柴。

我拿起那桶早已凉了的肯德基，里面还有几块没有吃完的，就找了一个塑料袋装了进去。走出门，把他叫过来递给他。我说："如果你不嫌弃，就把这几块肯德基留给你孩子吧，反正天冷，如果你过几天回家带给他也不会变坏。"他头摇得像拨浪鼓，说："我是来干活的，这怎么能行呢，这怎么能行呢，你是花了钱的。"

在我的再三劝说下，最终他接受了。

回到家，妻子责怪我带了一股沥青的味道，我仔细闻闻，身上确实有一股难闻的味道，就赶紧换了衣服。

下午我再到那个亲戚家时，他们早已走了。亲戚说："那个师傅临走时让我把这几个红薯给你，让你们煮粥的时候和进去，那样煮的粥很好吃。他说红薯是自家种的。”捧着那几个红里透黑的红薯，我不知道说什么。脑子里不由得浮现出一副虚幻的景象：阳光下，一个一身风尘的父亲走进院门，将扑进怀里喊“爸爸”的孩子紧紧地搂住，片刻后从棉衣兜里掏出一块早已冷却的肯德基，喜悦地说：“看，爸爸给你带了什么！”……

楼顶上那些人，在风中、在雨中，奔波着、期待着，他们风餐露宿，把年华耗在一块块生硬黝黑的沥青上，我们的房屋因此温暖起来，而他们的生命被沥青渲染着黯淡下去；我们的身体因为过剩的营养而堆积起厚厚的脂肪，绞尽脑汁减肥，而他们的脊梁却被生活的担子压得一天天弯曲下去，无所抱怨。他们粗茶淡饭，骨节粗大，像草芥一样散布在城市不起眼的角落里，行走在生活的最底层，我们与他们擦肩而过，没有人正眼去看他们，也没有人会在寒冷的夜晚想起他们；我们生活安逸却常常满腹牢骚，当他们补好我们生活中残缺的那部分悄无声息地离去时，我们无从感恩，甚至不知道他们的名字。

我想，当我们给他们付出微薄的报酬时，他们用发自肺腑的声音千恩万谢，没有人会留意他们的方言里渗透着怎样复杂的心情，也没有人会在意他们以怎么细微的方式，感恩生活的给予；当那些在蜜罐中长大的孩子，抱怨肯德基的油腻时，他们不知道，这个世界还有一些孩子，在为自己的一个小小愿望无法满足时，还天真地活在父母慈爱的谎言里，憧憬着，梦想着。

最美的彩虹

女友是一名中学教师，职业性质决定了她要经常性与粉笔打交道。粉笔灰尘雪花一样把她的世界装点得银装素裹的同时，也悄然腐蚀着她的手指。

几年下来，她的右手拇指和食指结了一层厚厚的老茧。尤其是冬天，天冷的时候，她手上的老茧裂开了缝，一堂课板书下来，疼痛不已。上班前擦的润滑油，不到几分钟的时间就被粉笔灰吸得一干二净。为了减轻疼痛，下课后她就经常性用热水袋捂冰凉疼痛的手指。

有一堂课，女友需要板书一黑板教材，写到一半的时候，她手上的裂口已经流出了血，染红了手中的粉笔。坐在前排眼细的学生发现了老师手上的血。那点点血迹像梅花一样，竟将白色的粉笔点缀得分外引人注目。

女友拿出纸擦掉手上的血，继续书写。连那些平时不专心听讲，叽叽喳喳说话的学生见状后都不再说话。教室静极，只听见粉笔头在黑板上轻轻发出的沙沙声，就像秋天的叶子静悄悄，一片一片凋落在草地上发出的轻微声音。

第二天上课时，女友一走进教室，她发现学生们的眼神和往常不一样，有一种期待、一种激动，那种神情意味深长，就像捉迷藏的孩子希望自己的秘密不被人发现。班长喊起立，全班学生向老师问好，他们并没有把目光放在老师身上，眼睛全盯着讲台上的粉笔盒。这让她感到很蹊跷，莫非今天是什么特殊的日子？当她从粉笔盒里拿出粉笔准备书写时才发现，那些粉笔整整齐齐全部穿上了“外套”，一根根粉笔被五颜六色的彩纸裹了起来，像花园里多彩的花枝。

女友以为学生们在和她开玩笑，准备撕掉包裹粉笔的彩纸时，学生们异口同声地喊：老师先不要撕，请您先看看那些字！那纸上面有字。

轻轻撕开纸，纸上密密麻麻写着“老师，天冷了，我们看到您写板书时手上流血，就用纸把粉笔包起来。这样您写字时手就不感到疼了！”在那些粉笔中有一支特别独特，没有包纸，被一个硬壳的彩色管包着。拿起来仔细一看，原来是一个已经用尽，可以随意拧着伸缩的唇膏筒！这是多么诗意美好的创意啊。

几十双眼睛盯着女友，女友的眼睛湿润了，泪水慢慢流了出来。

女友微笑着向学生们道谢。转过身，书写。粉笔灰尘给她的伤害已经飘落到脚下。握着那细细的粉笔，她感觉自己握着的不是一支粉笔，而是一双双温暖的小手，一支有力的橹桨，在爱的海洋里划呀划。他们用薄薄的一张纸，在寒冬，给老师筑起了最温暖的墙。此刻，她的心里汹涌着一种说不出的力量。她知道，那些孩子的心，在身后像细微的炭火一样，温暖这个寒冷的冬天……

后来女友告诉我说：“那一堂是我执教以来最短暂难忘的一课，也是最漫长幸福的一课。要毕业了，实在舍不得这些学生，总有一天，他们会怀着理想离开校园，走向远方，我相信，没有一种力量能够把他们打败。”

我笑着说：“那些孩子，用心，给她们的老师画出了最美的彩虹；用爱，给他们的未来交出了最美的答卷。”

第六辑

从容入世，清淡出尘

清淡上路，心中的烟尘少了，没有过多的心机，胸怀因此变大了，一切因为放不下、得不到的物什引起的重负变轻了，步履因此轻松，心胸因此豁朗。

清淡出尘

某夜，独坐窗前，孤寂之时，翻看以前的读书笔记，无意中看到清代学者朱锡绶在《幽梦续影》的几句话：素食则气不浊，独窗则神不浊，默坐则心不浊，读书则口不浊。好诗如清风，佳句似佳茗，细细玩味，顿觉心清气爽。遂把这几句箴言发给一个很要好的朋友，他很快给我回了八个字“从容入世，清淡出尘”。

好个“清淡出尘”，恰似一轮窗前明月，朗朗我心；宛如一剪河堤绿柳，映辉蓬荜；就像一缕三月清风，一扫胸中烟尘。

在尘世中奔走追逐的我们，从容入世不易，清淡出尘更难。练达这样的胸襟和淡定之气，需要多少豁达啊！每天，我们在纷繁的生活中困顿着、烦恼着、矛盾着、徘徊着、计较着，越是计较烦恼越多，烦恼越多牵绊越多。不少人希望自己生命的底色有大红大紫的那份绚丽荣耀，有大富大贵的那份体面奢华。殊不知，生命这枝莲花越是涂抹艳丽，越接近凋谢零落。唯有清淡如菊的生命之花，才淡然于人生花园的角落，为平凡的生活增添一份持久的芬芳和色彩。

绚丽之色、富贵之气、理想之光，说到底是人的一种或近或远的欲望。常常觉得，生命就是一场为了终极目标而不断前行的船只，远方的岛屿、路上的渡口、理想的彼岸，蕴藏着许多诱惑。人，就像一只船，我们中间，大多数人是一只被劫持的船，被自己的欲望劫持的船。我们眼里只有目标，只有彼岸，只顾及实现目标的可能性，而全然忽略了岸边弱柳扶风的闲情雅致，天空飞鸟裁剪云朵的曼妙情怀，远山峰峦叠嶂的磅礴气势。人生的初衷一旦偏离方向，被虚荣掩饰，让浮华蒙眼，很可能我们到头来收获的是一把眼泪，一声被暗礁伤害的叹息。有时候，常常听有的人感慨自己活得很苦很累，我想，苦也罢，累也罢，都是咎由自取。因为，一个人如果顾虑太多诱惑太多，心境就会变得很复杂，最终收获的只能是疲惫、困顿、劳累。所以，我们最终的结局就孕育在生命这场无常的航行当中，要有自己对人生所抱持的态度。

素食、独宿、默坐、读书，都是淡的；而繁华、烟云、幸福、财富、目标都是浓的。炫目诱人的东西最容易沾尘蒙灰，清淡疏朗的空间很利于除尘去垢。在沾尘蒙灰与除尘去垢之间的距离中，蕴藏着人性的许多色彩，或炫目，或平淡，我们痛苦的根源在于为了那些缤纷炫目而逾越了清淡和浓烈之间的距离。很喜欢赵朴初老人的一首诗：七碗受至味，一壶得真趣。空持千百偈，不如吃茶去。

我觉得赵老的这种胸怀就是一种清淡，像返璞归真的一把素壶，足以领略乾坤风云，气定神闲的一杯淡茶足以让人忘世。七碗生风，一杯忘世。这是禅，是清淡，是超然。

清淡上路，心中的烟尘少了，没有过多的心机，胸怀因此变大了，一切因为放不下、得不到的物什引起的重负变轻了，步履因此轻松，心胸因此豁朗。得天独大，天马行空，我心自由，生命从容。

在自然界，千帆过尽，繁花过眼，草木山川枯荣自如，只剩下水天一色，这是大地的超然淡定；在我们的内心，千金散尽，光阴远逝，生命由薄变厚，由厚变薄这是生命的淡定超然。

清水洗尘、淡菊养神。我们的周围，散布着许多看得见，看不见的灰尘，或物质的，或精神的。奢华升虚浮，心灵容易蒙垢；清淡滋超然，性情长久洁净。一粥一缕是清淡，健康、温暖、熨帖；一瓢一箪是清淡，随意、自在、安心。奢华也罢，绚丽也罢，生命终究归于平淡。淡到极致，尘世的历练让我们的内心不断贴近本真，让灵魂归于成熟、稳练、超然。这未尝不是活着的一种至高境界。

清淡是生命的内定力，仰仗这股超然之气，我们内心的岛屿必将是一番劲风过后碧空如洗、云白风轻的曼妙气场。就让清淡出尘成为生命这只航船最从容的姿态，最洒脱的背影。

在尘世的烦恼里开怀

一

那天我在长途车站门口的公交站台等车，一会儿从车站内涌出一群农民工。他们提着鼓鼓囊囊的大蛇皮袋，相互簇拥着走到站台。袋子里的被褥、衣服、脸盆和凉席露出来。我站在他们旁边看着他们说笑，互相发烟抽。一个年长的民工说："尽管我们上次挣的钱不多，到下一个地方好好干，我们就能挣到过年回家的钱了。"旁边的人附和着说："那是，那是。"

半个小时后，公交车来了。我上了车，他们也拥挤着上车。车里的人已经很多了，拥挤得乘客们踮起脚。到了站台，站在车厢前面的民工一本正经对后面靠车门的民工说："到了，到了，你们快下车，我们跟上。"后面的民工迅速背起包，准备下车。前边的几个民工捧腹笑了起来，他们对后边的民工说："还有好几站路呢，你激动啥呀！""哈哈哈哈。"车厢里涌起他们爽朗的笑声。准备下车的民工，收住脚步，弯下腰，放下背包，红着脸，对前面的兄弟腼腆一笑。车内的几个乘客也笑了。

到了第二站，我起身给一个年长的民工让座。后面的民工大声对前面的说：

“这次真的到了，你们的行李多，先下。”前面的民工，疑惑地看窗外的站台，有点犹豫不决。后边的开始提起行李，前面的民工挤到了后门，准备下车。后边的民工憨憨地笑了：“哈哈，上当了吧，还有几站路呢。”就这样，他们彼此说笑着，一路谎报站台彼此忽悠着下车。笑声，像一只鱼，穿梭在拥挤的车厢里。

单位到了，我下了车，回头，那几个民工提着行李包也下了车。他们向我问路，我告诉了他们。我问那个最先忽悠同行的民工：“刚才在车上，没有到站，你们怎么让伙伴下车？”他说：“还不是为了找乐子，让大家开怀笑一笑嘛。”

二

盛夏时节，上下班的路上，我要经过一间很不起眼的水果店。水果店孤零零夹杂在气派繁华的高楼商厦下面，生意不好也不坏。一天下班后，我看见水果店门口挂起了一块发黄的旧纸板，上面用红色的粉笔歪歪斜斜地写着“新到伊丽莎白”。我忍不住笑了：莫不是英国女王大驾光临这不起眼的小店？我停下车，问店主：伊丽莎白是什么？

她谦卑一笑说：“是一种瓜，一斤1.5元，很甜的。”我捧腹笑了起来：“呵呵，堂堂女王，你们论斤卖，看来女王屈尊，降价了啊。怎么叫这个好听的名字啊？挺有诗意的。”店主麻利地给我切了薄薄的一小片瓜说：“你尝尝。因为这种瓜瓜皮很薄脆，纯白，瓜瓤沙沙的，很甜，就起了这个名字。”

我尝了一口，确实很甜，甜意顺着味蕾，很快沁入心脾。买了瓜，在回家的路上我暗自感叹：这些生活在底层的人，多像一个高明的诗人，竟使这不起眼的水果洋溢着诗的芬芳，散发出歌的韵味。伊、丽、莎白，破解开来就是：她，很美丽漂亮，洁白高贵。怎样的心才能有如此绝妙的命名啊？怎样的手才能培育出如此甘甜的果实，让红尘中脚步匆匆，抱怨生活乏味的我们唇齿留香，肺腑甜润？

三

公司有个清洁工，每天来得很早，等我们上班时，她已把楼梯、卫生间、楼道痰盂清扫得干干净净。尽管她从事着最苦最脏的工作，每个月就几百块的报酬，然而她的衣服总是很干净，头发梳得光亮。

有一天，我发现她穿了一件时尚的新牛仔裤，头发也染黄了，烫得弯弯曲曲，脸上涂了淡淡的粉，眉毛修得如同两弯月亮，嘴上稍微抹了一些胭脂。这身打扮和以往素面朝天的她判若两人。

同事曾经告诉我，她家里很不幸，她自己下岗多年，丈夫因病去世几年了，儿子也上了大学，家境很不好。对她的变化，我心里暗暗吃惊。按理来说，生活负担沉重的她没有闲情如此打扮自己啊，莫非她发了财？遇到了什么大喜事？

那天快下班时我问她："杨姐，你最近的打扮很好看啊，有什么喜事，说来听听。"

她有点不好意思了，一边把垃圾筒里的杂物倒进垃圾袋，一边回应说："儿子大学毕业拿工资了，这是儿子给我买的衣服，他让我把自己好好打扮一下，每天光鲜地来上班。"

我心里涌起一股说不出的暖意。

四

他们简单从容生活在尘世低处，生活的烦恼和负担应该比我们多，可是我没有从他们的眉宇间看出一丝哀愁、悲观。我们坐在幸福中抱怨生活，而他们却站在尘世的烦恼中开怀。这样的心，像一架闪亮锐利的犁铧，挺直脊梁，坦荡前行在生活的荆棘、坎坷中，想必，任何困苦都会为这样的心让道吧；这样的犁铧，往往能从沉重的生活深处，犁出幸福的辙痕。

一条路的飞翔

一条路，拉直了，就是一条鞭子，赶着我们从母亲的胎盘这生命的源头出走，哭着笑着走向下游。一条路，伸长脖子竖起来，就成了一座高山，把我们抛在脚下，或许，我们穷尽一生的力量，永远无法企及它的高度。一条路压扁了，就变成了一条航船，摇摇晃晃，我们泅渡在光阴的河流中，凶险与风光同在，波涛和涟漪共存。

更多的时候，我们疲于一条惯常的路，我们追赶一种充满诱惑的东西，那条路像苍蝇拍子一样，在周围拍着我们。

年少的时候，有个问题一直困扰着我：路的尽头到底是什么？直到现在，我还是不明白这个简单而又深奥问题所蕴含的浩瀚内容。这比医生用手术刀解剖人体内部构造复杂多了。对于路，我总是觉得，它实际上就是一棵躺下来生长的树，人只不过是上面的一只飞鸟而已。路给了我们暂时栖息的枝丫，让我们借用泥土的温软歇脚、生活。那么，我们为了生活的某种目的所取得的一切，就是路馈赠给我们的花蕾和果实了。

或许，路是我们脚上的鞋子。一天天，一年年，随着脚上尺码的增大，我们像扔掉一双旧鞋子一样，把走过的路扔了，再也回不到老地方，继而生活在别处，开辟另一条路。一条条路走老了，我们也就老了，流失的光阴像花出去的碎银，再也赚不回来了。我们怀着温习初恋情书一样的情怀怀念走过的路，那些路如同信上的字迹已经发黄模糊斑驳。我常常陷入遐想：那些路会寂寞吧，长满斑斑绿苔，在光阴深处像人一样老去，然后回到泥土中间，被大地收回，而我们也向大地深处缓缓走去……

说得玄一点，路就是大地伸出的一根手指，把人举在手里，无论我们怎么奔跑，也跑不出它的掌心。这样想来，脚下的路就成了如来佛的掌心，法力可大着呢。

路在和时间赛跑，时间把路留在脚下，路成了时间的尾巴。时间和路达成联盟，路把时间抱在怀里，孕育了一个人人生的长度。人把路握在手心，就变成了命运的纹路。人们在改造路的时候，路也在塑造着一个人。脚下的路、手心的路、头脑里的路、平面的路、立体的路，交织成一张网，赶路的人一生都在那么一方有限的空间里，蜘蛛一样经营着有限的光阴，在黑夜里咀嚼梦想，在阳光下反馈生命。生于斯，灭于斯，生生不息寻求命运的突围。

导演王家卫拍摄的《阿飞正传》中有一句经典台词，大意是这样：你知不知道，有一种鸟，叫不死鸟，生来就没有脚，一辈子不停地飞翔，它停下来的一天，就意味着不再飞翔。是的，我们脚下的路就是这样的一只鸟，大地是它的天空，它以匍匐的方式飞翔，等到了路的尽头，它就化成泥土，让我们的生命如春花一样灿烂，秋叶一样静美。

一条路把人送到远方，那个人或许再也不会回来了，他或许转换方向，走上另一条路。而最初的路，完成使命后圆满如一个句号，许多还没有来得及走的路，只是句号后面无休止的顿号、逗号，像埋伏在草丛中的一只蛐蛐，在光阴的草丛中浅唱低吟，等待生命的辉煌轮回。

最诗意的比拟莫过于，一条路在脚下化蛹为蝶，起身飞翔，我们只是追逐蝴蝶的孩子，流出的汗水和着盐粒，落在地上无意间长成种子，蓦然回首，一路花香满目生辉，竟将这日月装点得格外难舍难分。

一条路的飞翔就是一个人的成长，一个人的成长就是一条路的风光。

八度幸福

去过很多旅游景点，留给我印象最深的不是名山大川的恢宏气势，也不是小桥流水的雅致幽静；不是万丈高楼的流光溢彩，也不是摩肩接踵人群的潮流时尚，而是一个并不出名的景点草堂门口的一块杉木牌。那个杉木牌上刻着这样一段话：

如先改变自己，对方也会改变；对方有了改变，心境也会改变；心境有了改变，言词也会改变；言词一有改变，态度就会改变；态度一有改变，习惯就会改变；习惯一有改变；运气就会改变；运气一有改变，人生随之改变！

多么有味道的人生箴言啊！我赞叹于景点管理者这温情的创意，当即记下了这段话。

对我而言，这段话像一把锐利的铁锹，可以挖开板结的思想心田，让沉寂的生活春意萌动；像一缕阳光，穿透阴霾，直抵心灵深处，让被困苦挫折失落遮挡的精神长出叶芽，伸出拥抱阳光的手臂；像一束黑夜里微弱闪动的烛光，于不动神色中焕发生命的亮度。

古人说“从恶如崩，从善如登”。太阳改变了脸色，夜色就多了风情万种的妩媚；冬天脱去了冰雪的桎梏，春天就多了一分沁人心脾的标致；自我改变了冷漠和自私，他人就回报出热情和友善的微笑；心境像玻璃一样在背后镀上一层水银，生活就多了一份色彩和明亮；我们的言行多了一份柔和，脚下就多了一条坦荡的道路。做人处世，一副做人厚道、处事和善的态度，必将撑起我们有风度的行走。坚持一种好的态度，就收获一种好的习惯。好习惯就是好日子，好日子就是好运气，而好运气就是好人生。

做到这样的八条似种子一样生生不息的信念，拥有这样的人生似源头活水一样绵绵不绝的幸福。

一粒种子将信念扎根泥土，就有了一树春秋。而一个人将一种的人生观像露水一样滚动在每天日出日落生活中，就多了一种别致和幸福。

“临渊羡鱼，不如退而结网”，我们活着，每个人一天同样拥有24个小时，不同的是我们对时间和生活的态度。我们羡慕别人的成功时，却忘了他所流过的泪水。我们迫切需要的不是如何一夜之间如何迅速实现自己的追求，而是拿出一面镜子，时常审视反省自己：你是否为自己的人生努力刻制了一块那样的“杉木牌”？

人生不如意之事常八九，如果不能拥有美好的人生，就要拥有美好的人生观。现在我想说的是，那块杉木牌的名字叫“八度幸福”。

旅游回来后，我把这“八度幸福”做成一张卡片放在自己的书桌前，也送给一些志同道合的朋友。我想这样箴言式的杉木牌放在任何地方都不会褪色、腐朽。就让这小小的卡片在我心灵的视野内开成一朵淡雅的兰花吧，我相信，它在岁月深处幽幽发香，幽香不随光阴去，幸福更与岁月增。

月如邮戳天地远

我是在一个乡下的夜晚偶然间发现那轮孤独的月亮的。那个晚上，后半夜起夜时经过阳台，无意中一瞥，夜空中甜橙饼一样的月亮一下子晃入眼帘。

仔细凝望，深邃悠远的夜空中，月亮犹如清冷美人的眼睛，波澜不惊地打量恬静的大地和大地上暂时告别浮躁而进入梦乡的人们。很多时候，我们将眼睛锁定在尘世间的美人，而忽略了头顶浮云之上的月亮美人。湖水一样清澈透明的月亮是一个真正的慈善家，她把一碗水端平，毫不吝惜地洒向大地，让每一寸土地不分强弱贫富都享受她的光芒，让每一株草木不分高低美丑都接纳她的清辉。

小解后我打开窗户，躺在阳台上的藤椅子上，窗外桑田里的虫吟蛙鸣，它们无所谓曲调高低平仄，不在意韵律是否和谐一致，毫不顾忌地宣泄。也不用警惕和戒备白天坚硬的农具无意中给的伤害。沾着潮气的湿润大地是它们柔软的床，桑田是它们的舞台，月亮是映照它们舞姿的铜镜子。夜晚于它们而言，就是一场盛宴，一场集体力量的集中展示。

我在想，人与明月之间有那么一种感应和关联。我凝望月亮的时候，一抹云缓缓飘来，遮挡住了月亮。或许月亮感应到了我的存在，竟有了些许娇羞，躲在浮云中迟迟不肯露面。如果说宁静的夜空是一位别离太阳后忘记孤单和疲惫的圣母，那么一枚月亮就是她脸上的美人痣了。

古往今来，月亮作为一种诗意的载体，承载了人们许多的相思和牵挂。明月千里寄相思，相思是一个大信封，月亮就是一枚醒目让人热泪盈眶的邮戳。这个相思的信封最容易在夜晚饱满，潮水一样高涨。以月封缄，木舟一样的月亮在思念的潮水中起航，将一寸寸相思越拉越长，在无尽的守望中抵达那些期待远方的音讯来灌溉的干旱心田。

我浮想联翩的时候，脑子里突然涌出几个问题：不管在城市还是在乡下，月亮一直是存在的，为什么只有在宁静的时候，在乡下的大地上我们才能真切地看见月亮？为什么身居城市我们很少看见？是不是被城市坚硬锋利的楼群棱角线切碎了？抑或被工厂里枪口一样黑洞洞的烟囱击毙了？

这真是一个很伤脑筋的问题。

最终，我得出了一个很自我的结论：我们在城市行色匆匆的路上，习惯于捂紧自己的口袋，紧盯别人的口袋或者远方遥不可及的皮包，而无暇顾及头顶花骨朵一样蕴含芬芳和诗意的月亮，当然看不见月亮了。

一个人对美的态度就是对生命的态度。试想，一个只知道坐在生命果园，等待果子成熟后掉下来，砸中他头脑的人，怎么能够体会到花朵吐蕊的那份静美和绚丽？

我们习惯于抱怨自己拥有的物态财富不多，但永远不会抱怨自己拥有的月光很少。我们的身体也是一块土壤，也需要在自己的心房里留一个小小角落，供月亮犹如一只蝴蝶一样自由飞翔出入，让心底对美的向往沿着月光引领的藤蔓，开出小小的花朵。

月亮高举银杯，让大地在夜晚沉醉。我捧起陶制茶壶，埋头浅饮，因为一轮月光而自我陶醉。此刻的我是幸福知足的，一枚月亮的恩赐让我发现了生活的美好。或许白天为了生活忙碌的人们，被某种秩序戴上了面具，而夜晚却让他摒弃了面具，回归了自我。

瓷器一样明亮的月亮停泊在夜空，犹如一块磁铁，在天地之间宽阔的磁场中，辐射出一种恬淡和达观，它不关心货币和赞美，它只关心粮食蔬菜和虫鸣鸟唱，它的美丽永远只映照那些心清如水的胸腔。

润，生命词牌里的一束光辉

和一家杂志社的主编书信交流，谈到润泽，他在一封信中送我这样一段话：“润”是美德。润己，及他，既是自我的丰盈，又是给予和分享。比德于玉，贤达含蓄，温润泽仁，这便是自身练达的修养与财富，不动神色的富足，多一分则溢，浅一份则涩，外在柔滑、细致，内里润泽、温暖，周遭的一人一物无不自在舒适，感其光华。“润”之美德，美在自己；润之美德，德以及他。

我很佩服和喜爱他的这段话。当时看了他的这段话，顿觉醍醐灌顶。我知道，这位历经人生风雨的长者，是在与我分享人生的一种独特深沉体验。

像一滴水悄然融入泥土，像一丝风悠然消失在空气中，像一片雪落进大地的掌心，像一树繁花慢慢褪尽艳色。润，以缓慢的姿态，恬然呈现生命的静美。作为动词的润，蕴含着一种力量。作为形容词的润，彰显着一种美德。都说“世事洞明皆学问，人情练达即文章”，都说“桃李不言，下自成蹊”，润，一个轻微的动词，不常被挂在嘴边的音节，却牵动着我们生命里的那些美好情操，比如善，比如和，比如美。

润是潜移默化，像三月里随风潜入夜的细雨，润物无声，只见草木抽芽，将时间与草木之间的默契，悄然融会贯通，变成一种含蓄的意会，染成点点朦胧的秀色。春风琐碎细微的脚步，轻轻走过我们的院墙，将那些轻灵的诗句渐渐点亮，悄然触及我们心灵的感动，让我们在尘世之间早已麻木的心灵，被这和缓的气息慢慢渲染浸润，人生，因此美好起来。

润有一种力量。我想用三个成语来诠释润的力量。滴水穿石，可贵在一种坚持，一种水与石的柔韧对抗和斗争。精卫填海，可敬在一种弱小者与强势力量的无畏较量。愚公移山，可叹在一种悬殊生命之间的意志超越。润，是一股细腻的力量，不起眼，不张扬，在时间恒久的旷野里流淌，让生命版图中的不可能变为一种现实。润，是一种旷日持久的信念，如同一把若隐若现的火把，我们举着火把奔跑，远处的人不见，但是它切切实实在我们生命的每一个日子里悄然传递，改变着自我，强壮着我们的魂魄，让我们在别人看不见的时候，内心强大起来。

润有一种大美。这种大美如同水。古人说，水善利万物而不争，处众人之所恶，故几于道。美好的品格，高尚的情操，应该像水一样。水滋养万物而与世无争；水总是处于人们所不愿处的地方洁身自好，从而达到美好的境界，符合自然法则，让人赞美仰慕。

润有一种韵律。芝麻开花，唯一节节长高。千里长途，唯一步一步丈量。万丈楼台，唯一层层垒起。一节一节，顺着节气，慢慢生长，是润。一步一步，积聚信念，有序丈量，是润。一层一层，夯基培土，稳固建筑，是润。润，融会着自然法则。润，贯穿着人生信念。润，散发着生命的芬芳。

一棵参天大树，人们看到的只是它高大的树冠，而没有人去细细体味自然的风云雾岚是以怎样的恩泽长久地浸润它的根脉茎叶。一个胸怀雄才大略的人，世俗之人看到的只是他所拥有的权势和地位，而没有人去耐心领略他博大超俗的胸襟中温润着多少灵魂的洁净和高雅。他们，身在人世间，心存星空中，以自己的雄才，为世界指点未来，以自己的胸怀和成就，润己，及他，既丰盈自我，又与人共享生命的成功和辉煌。我想，不论洁净，不论高雅，不论风光，这些生命词牌里闪光的一面，都是我们的心灵在经历岁月长久的历练后，慢慢浸润培养的气质。

润是生命词牌里的一束光辉，以玉的灵魂，水的美德，四季的节拍，体现着人生的境界。润是以柔克刚的生动写照，润是上善若水的鲜活演绎，润是我们培育灵性智慧的愉悦体验。它的起点或许并不惊人，但过程和结果却同样绚烂。

最后，我想说，这细微的光束，是生命的一种别样壮观。

读书是条回家的路

读书从来翻山越岭，喝茶过往万水千山。每一本书，观照一座书店寂静生长的风景；每一道茶，记录每一个人心灵净土的归去来兮。一座书店，是你精神跋涉中能够安住的幽林小筑，不止于一盏灯的照亮，几时遇上书店的目光，自当与你内心的古村落久别重逢，目光所及，轻舟已过万重山。

这段话不是我说的，是我的朋友，江苏省十大最美书院中观书院创始人，诗人袁卫东兄弟说的。读书从来翻山越岭，读书也是持续的自我修整。如果说的好一点，也是对自我价值和人生追求的净化。纵观人一生的读书经历，基本上都是有一定的周期性规律的。先做加法扩容扩量，到了一定的年纪再做减法乘法除法，慢慢地变成几何裂变。人生的几个阶段所读的书都是有明显的时代痕迹的。老树有首打油诗：少年多血性，爱看水浒传。青年正发情，红楼放枕边。中年看三国，江湖渐看淡。老来不读书，扛竹归南山。这首诗基本上概括了人生的不同年龄段读书的况味。人间风雅之时莫过读书，读书把生命里的美好，有用的美好，无用的美好全部融进来。老树还有一首诗我很喜欢："世间无非过云楼，何事值得你犯愁？荣辱得失算什么，此生只向花低头。"读书不就是我们心里的"花"吗？

读书是生命的马拉松，考验的是我们的耐力、恒心、定力和韧劲。时代在变，唯有艺术和读书让我们的人生有活过多次的可能，而不是重复了一千天一万天的模式。你读过的书决定了你的内在，重复一天不如活出十天不一样的自我，而阅读给我们创造了这种可能。它能让我们作为俗人的物质存在并创造出那个与众不同的精神自我。所以说，有价值、有效的阅读是一种快时代的阅读形式。它能让我们慢下来，找到同频的书，找到那个散落在茫茫人海里的精神知音。

读书让我们拥有一颗诗心，这颗诗心就是对世俗生活里被日常油盐酱醋人间烟火所遮蔽的那份美。人人都应有《浮生六记》里芸娘那样的诗心。读这本书有两个细节我特别喜欢，最有趣的是喝莲花茶这段："夏月荷花初开时，晚含而晓放，芸用小纱囊撮条叶少许，置花心，明早取出，烹天泉水泡之，香韵尤绝。"这是一种渗透到骨子里的诗心，足以抵消任何世俗不如意的烟云。在生活最落魄的困境中，夫妻俩喝粗茶保持优雅的心真是令人动容。芸娘用纱布包上粗茶，太阳落山后，拣一朵将开未开的荷花，扒开莲瓣，茶叶放进，再用细线重新捆好。第二天早上露水将息，朝霞未起，茶叶包拿出，当晚再找一朵新荷放进去扎紧。如此三天，粗劣的叶子夫妻俩也能喝出清雅的荷香。芸娘还有个做"活花屏"的细节让我过目不忘。方法大致是这样的：选用长四五寸的木梢，排订成凳子四个角的样子。当中空出来，横为四个档，每个档宽有一尺左右。每档的四个角上凿圆眼，插上竹条，竹条相互交错编成方阁。一个五六尺高的屏框就做好了。再用砂盆种上扁豆等藤类植物，放在屏中，等到枝叶长出，豆藤随竹编蔓上，长满整个屏架。"活花屏"就成品了。这种"活花屏"随意地放在各处或遮或栏，犹如满窗的绿荫，又透风又遮太阳，且可以随意变更摆放自如，迂回曲折，妙不可言。这就是在日常生活表象下的一颗诗心。

我还想到《世说新语》里一个经典的诗心故事，那就是《雪夜访戴》的典故。原文是这样的，王子猷居山阴。夜大雪，眠觉，开室，命酌酒。四望皎然，因起彷徨，咏左思《招隐》诗。忽忆戴安道；时戴在剡，即便夜乘小船就之。经宿方至，造门不前而返。人问其故，王曰："吾本乘兴而行，兴尽而返，何必见戴？"翻译成现在的大白话就是：王子猷居住在山阴（今浙江绍兴市），一次夜里下大雪，他从睡眠中醒来，打开窗户，命令仆人斟上酒。四处望去，一片洁白银亮，于是起身，慢步徘徊，吟诵着左思的《招隐》诗。忽然间想到了戴逵，当时戴逵远在曹娥江上游的剡县，即刻连夜乘小船前往。经过一夜才到，到了戴逵家门前却又转身返回。有人问他为何这样，王子猷说："我本来是乘着兴致前往，兴致已尽，自然返回，为何一定要见戴逵呢？"

我想，在古代，这种心境胸怀就是一颗诗心。它让我们感受到天地自然的美好，知己之间心心相印的美好，一个诗心因为惦念朋友而超然物外的美好。

读书是让自己的灵魂升华。纷繁时代诱惑很多，消费主义至上，越来越多的人变为物质动物，除了会消费其他都不会，外表光鲜内在溃烂，不知道自己真正想要的是什么。就这样一天重复着一天，如机械般地在消费的旋涡里沉沦，没有信仰和追求。而当你真正走进书店拿起一本书，或者在家里安静地打开一本书，用心读起来，你就会发现，你通过阅读这种方式打开了一个更辽阔丰富悠远的世界，享受和自己在一起的静且曼妙的时光，这就是老子所说："至虚极，守静笃，万物并作，吾以观复。夫物芸芸，各归其根。归根曰静，是谓复命。复命曰常，知常曰明，不知唱，妄作，凶。"意思就是你要将后天的种种欲望、成见、心机等加以控制、调适、消解、澄清，因为这些东西往往将原来清净纯洁的人心骚乱起来、浑浊起来、邪恶起来。老子强调不是"虚"一点，"虚"一时，而是要长期锻炼、修养，从而达到"极"，就是要到极点，到最高层次。"守静笃"，就是先要分清欲望中的"可欲"与"不可欲"，那么你置身于滚滚红尘中，面对"不可欲"的一切诱惑，要坚守住静啊，要笃守啊！"笃"是什么意思？笃就是切实、厚实、老老实实的意思。这就是说，人啊人，要切实而老老实实地坚守住那个“静”！这样一个是“虚”，一个是“静”，就把心灵中的垃圾与毒素及时地清除了。你看“虚静”可以排毒，可以养心，可以避祸，可以胸怀大志，可以高瞻远瞩，可以潇洒人生！

读书对我们最直观的功效就是慢慢抵达老子所倡导的这种静虚世界，也让我们在面对诱惑时守住了自我，抵达一种辽阔。

读书让我们的精神美容。通常说腹有诗书气自华，这就又体现了阅读对一个人由内而外的熏陶和塑造。它让我们年轻而又自信，让我们美好而有光泽。充沛的阅读积累是生命的包浆。五一前夕在南通濠西园社区参加一个为劳模点赞活动，在活动中我给一个看上去六十多岁的老奶奶献花，我和她交流时她告诉我她七十四岁了，每天坚持读书写论文搞科研，她是崇川区计划与经济委员会退休人员，名叫蔡勤。活动中她还和我谈到量子力学、纳米技术，我当时就震惊了。她的那种自信、执着，不显老不服老的学习劲头一点一点击退着时光的战车，知识、读书、学术、艺术让她青春不老。

著名作家王蒙说过：学习是一个人的真正看家本领，是人的第一特点，第一长处，第一智慧，第一本源，其他一切都是学习的结果，学习的恩泽。这是我一直牢记的话。去年九月到今年元月初，经江苏省作协推荐，我作为江苏省选送的唯一代表赴北京鲁迅文学院参加了为期四个月的学习。国内一流的作家、教授、学科专家给我们讲课。其中就有莫言、王蒙。王蒙老爷子八十多岁了，思路很清晰，语言很幽默，谈吐很率真，观念很新潮。记得他有一个问题，在课堂上他即兴问我们：同学们如果谁能说出五十个表达爱情的词，我就给谁赠送五本我的签名书。

我们谈过恋爱的过来人，人人都想拿这五本书，很可惜，谁都没有拿到手。因为词穷或者不好意思表达，沉默了片刻，竟然没有一个人说得出来。不知道当年我们写情书的才华现在丢哪去了。欣慰的是，尽管我当时没有说出这五十个词，但我成功拥有了他的签名书。

生活中的美好总是给有心人准备的，那段时间鲁迅文学院会提前一周把下周来上课的课表发给我们。当看到课表上来授课的名家大腕后，我会及时到书店或者网上下单买书，等下周他们来上课时签名。四个月下来，我有了中国作协主席铁凝、茅盾文学奖获得者格非、王蒙，鲁迅文学家获得者刘庆邦、周晓枫、徐则臣等名家的近两百本签名书，有的我买了两套签名后送给朋友了。

读书贵在日常，读书丰富的是自己，丰富自己比取悦别人重要。这个自己是独一无二不可替代的那个内在的自己。

读书如修行，打通了我们的彼岸世界。

读书不就是自我的断舍离，身体通往回家的路，精神通往彼岸的路吗？

书中“亲属”

好书，是我们人生长河里最美的亲情储蓄。一本好书，是我们生命里的精神陪伴，阅读一本好书可以滋养我们的情操。一本好书，就是我们生命里的福，一本好书，影响我们脚下走的路。

1997年7月9日高考结束后，父亲让我跟着村里的人到乐都县城的一家建筑工地上打小工。高考前，已经在中国农业大学读书的发小从北京给我寄来一封长信和路遥的长篇小说《平凡的世界》，信中他鼓励我放下顾虑，满怀信心应对高考。

那几天我一大早坐着同村人的拖拉机去县城的建筑工地打工。工头看我是学生，就安排我到取土坑里用人力斗车拉土，给大工搬砖。中午休息时，他们去下馆子去了，而我就着从家里带来的干粮、开水和酸菜，躲在取土坑的阴凉里，一边啃馍，一边孤独地读《平凡的世界》。头顶是夏日高原毒辣的阳光，工地上飘来附近卤肉饭店的肉菜香，热闹和美食是属于他们的。我咽了咽口水，我一个人孤零零地翻着书，猜测着自己的高考成绩，自言自语道：我相信我能考上的！转念一想，如果考不上咋办？然后宽慰自己，向书中的孙少平学习吧。

孙少平走过的路都是布满荆棘的，学生时代缺吃少穿，使他难堪，毕业后外出闯荡，做小工，背石头，肩膀经常被石头压得溃烂，但是还要面临失业和露宿街头的困境，后来招工进入煤矿，面对的仍然是高强度、极其危险的体力活和恶劣的生活环境，当他一次次陷入生活的困境时，硬是靠着坚韧不拔的毅力不断地鼓舞自己。在建筑工地上，经受着身体和精神上的双重压迫，但他毫不气馁，忍辱负重，抵御着生活强加给他的磨难。然而，他并没有向现实投降。

孙少平曾在建筑工地打过工，我也在工地打工，书中的情节，不就是我所处的现实吗？内心深处，我把他当作了领路的哥哥和精神导师；每当困顿时，我在心底给自己打气向孙少平学习。有时候在工地上，因为我力气小，拉土搬砖不利索，行动不够快，被工头和大工训斥动作慢了，我勉励自己：孙少平能忍辱负重，你就这点气都受不了？

中午休息时，坐在工地的土坑里读书，晚上回家时，一个人躲到房间里读书。孙少平不就是我们农家子女的真实写照吗？尽管孙少平三个字只是纸上的文字，但我觉得他从书里走了出来，和我同吃同睡一起干活，一起唠家常。这种精神的幻觉是幸福的，这让我感觉到美好的明天就在前方等待着我。尽管工地上很疲惫，但我一直没有忘记读书，没有忘记坚持每天写日记，至今我还保存着1997年到2007年写的日记。我觉得，我每读一页书，就和孙少平握了一次手；每看到孙少平的名字，就如同有一个哥哥在召唤着我、温暖着我、陪伴着我。是的，他如一条船，引渡着我不要被暂时贫困境遇所限制；他是黑夜里的照明灯，焕发着精神的香气，他的筋骨，他的灵魂，激励着我这个农家后代，为那个卑微而又灿烂的大学梦而前行，从而改变命运，改变家庭。

高考分数出来后，我被西安的一所大学录取了。书里的孙少平，见证了我那段时间的精神蜕变。他的呼吸，他的苦恼，他的梦想，他的荣耀，他朴实、厚德、笃定的意志和美德成为一种亲人之间的精神接力。

过去，现在，未来，每一本好书中有我们的亲人，与我们心灵同频。这旷日持久的精神跋涉，每一次相遇都是精神核能的丰沛储蓄。

做理想的读者

我常常觉得，阅读是我们生命里的一条重要河流，是它滋养着我们的韶华，因为这份滋养，我们平凡的光阴才有了丰富、悠远、宁静、辽阔的美好。

是的，阅读让我们的世界更辽阔。阅读是对精神的整容和美容。理想的读者爱读书就如同爱自己的嫡系亲人一样，一个人对书有了亲近之感、崇敬之情、孝敬之心，我认为他就是一个理想的读者。读书随性而不随便，缓慢而不慵懒，沉浸而不沉沦，让书如盐，融入日常。理想的读书状态可以随时随地无拘无束地阅读，不一定要借助外在的环境和物质陪衬，当然如果有更诗意的环境或者道场那就更美。

书人合一，人书俱老，这是一种读书达到炉火纯青的境界。得好友来如对月，有奇书读胜看花。理想的读者必有自己理想的道友，或时常彼此买书、鉴书、荐书、换书、借书、论书，形成一种流动的精神气场，从而彼此影响和带动圈内的精神气韵。这就是精神世界里的自助与互助。我参加过很多的读书沙龙，大多都是民间自发的性质。这种沙龙定期组织，大家每期同读一本书或者不同的书，展开讨论和交流，形式多样，成为一个地域独特的文化风景线，在共同鉴赏中提升审美水平，吸引越来越多不同阶层的人参与进来，扩大了读者的交流。

理想的读者有自己的阅读方法论。如何读好一本书？如何做一本书的知音？仁者见仁智者见智。曾在朋友开的上书洲书院看到过这样一句话：读书从来翻山越岭，喝茶过往万水千山。这副对联有妙境，既概括了读书如长征般的不易，又诠释了茶路无尽的无限风光。这样的状态，确是极其动人的，令人神往。

读书是一个人一生的事业，一个人的精神成长史，发育蜕变史和涅槃转折史。一生有书一生有福，不惧于岁月的漫长和困顿，不拘于生命的起伏与荣辱，云卷云舒，花开花落，在书上见性情，在生命态度里见境界。生命的长河里书如舟，渡人渡己，修己修人。做理想读者，在尘世生活中积极入世，在精神生活里高级出世，往俗世里去，向灵魂深处走，精神的千山万水里藏着一个人今生最大的福祉。

第七辑

城乡的更迭与变迁

式微式微，胡不归；城市越来越近，故乡渐行渐远。

式微式微，胡不归；田园越来越稀，口袋越来越鼓。

时代裹挟着我们前行，谁也不好判断消逝的田园与富裕起来的故乡，

在古老秩序与现代梦想的交替中究竟谁强谁弱，谁对谁错。

田园式微

数千亩的土地被租赁后围上铁丝围栏，外地的老板来投资开发，雇用本村的妇女种上樱桃树、松树、柳树、核桃树、枸杞树。每逢盛夏时节以每天八十元的人工费让村里的女人们拔杂草，剪修树枝。这凋敝后的麦田以另一种形态延续田园生活，既实现了生态价值取得了经济效益，又解决了农村剩余劳动力问题。

流水带走落花和光阴。一代代一辈辈人在这里繁衍生息，时代的律令修改着“日出而作日落而息”古老陈旧成语。最能忠实于这成语的莫过于早起的鸟儿，村庄里日趋稀少的鸡群，以及不被当作宠物的土狗，它们是村子里的忠臣。没有人再愿意早早起来去下地种田了。他们宁可晚点起来，花两元车票到城里去打工也不愿意下地。土地的利用价值越来越小，追求速度效能的时代，土地这个金不换的旧情人成为大众的弃妇。大众更醉心于在城市的屋檐下谋一份活，也不愿意隐身于田野。生存是第一位的，毋庸置疑，两者相比，在城市谋生划算，这是必须面对的现实。

看到越来越多的土地被荒废，长满杂草，让人触目惊心。欣欣向荣的刘家村，村里大量的土地被流转出租，几乎没有人愿意种庄稼，宁可荒着也不种，因为种麦子各种成本加起来不划算。村里有私家车的年轻人比比皆是，因为他们有手艺，一天打工能挣三百到五百元，这一点都不假。村里家家户户有气派的楼房，现在的生活真没有什么城乡差别。很多城里人追求的目标：有一座院子种种花草，晒晒太阳，养养鸡狗，这样的目标却是农民的日常生活。

在刘家村的那几天，我每天早上天一亮就沿着村庄四周的农村公路和田间水泥散步。这几年政府的政策让土路退隐，水泥路在农村交通格局中唱出主旋律。逢雨雪天气，我们脚下的鞋子和衣服不再是尘与土，出行时皮鞋上不再有泥水也算是乡村现代文明最微观的标志。

村庄里喜鹊越来越多，路两旁的白杨树上挂满了鹊巢。喜鹊绅士一般拖着长长的礼服，站在白杨树最高处，指挥乡村交响，旷野肃静，草木颔首，它们是唯一的主角。喜鹊和麻雀是乡村最忠实而又不知疲倦的邮差。从一棵树到另一棵树，从一个屋檐到另一个屋檐，从一条山川到另一条河流，它们奔波着，传递远方发来的电报声讯，一个村庄的兴旺就这样在喜鹊叫声中被带往远方。

土地不再是一种生产力与生产关系的依附。年少时麦田相邻的人家每到春耕灌溉时候，为了一点地斤斤计较，把相邻的很宽的田埂用铁锹一点一点挖薄，使自己家麦地的面积变大，两家人据理力争，常常因此发生口角。三十多年后，大量的农田被闲置，再也不会有人因一巴掌的面积和邻家发生口角。人们对土地的情感在时代前行的车轮中变得微妙，复杂而又淡泊。曾经视为全部生存依附的无价财富，至今沦为弃儿。当下中国发展的进程波及农民对土地的感情，农民对土地不再依赖不再依恋，不再敬重不再珍惜。农民的价值观也因此发生了很大变化。他们在农田与城市之间选择城市，在手工与机器之间选择效能，在城乡之间迁徙，把更多选择的权利，实现生存价值的可能寄托于城市发展的空间。似乎城市的给养优于农村，城市的优势大于农村，对城市的依赖日益深重，但不愿意离开自己家宽敞气派的楼房和夏季果木飘香的庭院，这真是一个悖论。

现代化信息化的触角已经很幽微地渗透到故乡的各个角落。微信已经普及到男女老少，私家车越来越多地出现在乡亲们的家门口，甚至村里的那些在城里打工的兄弟们，开口就问你带了“中华”“苏烟”没有。很明显，消费主义的利刃已经无孔不入地影响着和我一起成长的发小们的价值观。

一种现代的观念在乡村悄然崛起。村里的很多人学会了网上购物、寻找信息与远方建立起一种清晰稳固的关系。靠近国道的一些人家听说109国道要拓宽，纠集大量物力财力人力连夜突击在国道附近修建房屋，希望拆迁时得到政府更多的补偿。然而这一切都是徒劳，政府在红线控制范围内明令禁止，凡是触及红线的违建一律强制拆除，不给任何补偿费用。从109国道回故乡刘家村的12公里路上，这样的违章比比皆是，每个墙上都醒目地用红漆喷上一个力透砖背的“拆”字。

式微式微，胡不归。城市越来越近，故乡渐行渐远；式微式微，胡不归。田园越来越稀，口袋越来越鼓，时代裹挟着我们前行，谁也不好判断消逝的田园与富裕起来的故乡，在古老秩序与现代梦想的交替中究竟谁强谁弱，谁对谁错。

蛙鸣入梦

蛙鸣里有我们的初心：和自然在一起。活在城市，偶尔听到蛙鸣，感觉仿佛回到了上个世纪，我们和童年隔着一场蛙鸣的距离。蛙鸣对一个城市的意义在于它保存了我们童年的记忆。

它们是游荡在城市边缘的民谣歌手，既不威风也不落魄。护城河、过境河、城郊田畦、生态景观带的小湖泊、化工区周围的小池塘都是它们演出的舞台。不由得想问一声：你从哪里来，我的朋友？你又要去哪里，我的朋友。你们顺风顺水，风是你们的衣裳，水是你们的鞋子，庄稼地里的害虫是你们的粮仓。

你们最擅长的是大合唱，比我们人类唱《黄河大合唱》还有气势还壮观。你修复了城市与乡村之间的裂痕，让城市里孤单的身影找回了曾经的田园梦。你们用歌声镇守住一方水域，在黑暗里修道，传递歌声，消化着黑暗里的害虫，做一个有益的物种，与那些令人难以接受的、丑陋的害虫等庄稼的敌人搏斗。你是水田里最出色的搏击手，技术精湛，出拳利索，不拖泥带水，稳、准、狠，目光如雷达，长舌如闪电，以迅雷不及掩耳之势迅速擒获掉以轻心的敌人。

那些读着课文《小蝌蚪找妈妈》长大的一代人早已步入中年，中年是一把剃须刀，剃着时间的锋芒，个性脾气的利刺，更多的是让人养成了一种随遇而安的稳健与淡然。越来越喜欢和自然交心，到田园里去，到山川河流去，到少到有人烟的郊外去。我平时最不喜欢用的一个词：伟大。但如果把这个词用在一个物种身上，我第一选择就是青蛙。一只青蛙繁衍成千上万的子女，简直就是一个军团，在每个夏天带领庞大的部队在田野里渡江战役，取得决定性的胜利。

二十世纪八十年代后期一部国产电视剧《蛙女》风靡一世，席卷当时的城市和小村。那段时间，每个夏夜，我们忙完一天的农活和作业，总会在蛙鸣声中朝圣一般，守候在十几寸的黑白电视机前，享受着《蛙女》带来的快乐和遥远的上海大都市生活的向往，一粒幼小的种子种在了我们心间。那个小小的屏幕定格了我们童年的记忆，诱惑着我们走出去，探究外面的世界。记忆里湟水河边震撼人心的蛙鸣声和这部红极一时的《蛙女》深深地嵌进了我们对社会和繁华最初的认识：大上海里的高楼大厦、摩肩接踵的人们以及苏州河上的轮船。

如果用蛙鸣表达乡愁，那么宋代诗人戴复古的《夜宿田家》甚为贴切：“簦笠相随走路歧，一春不换旧征衣。雨行山崦黄泥坂，夜扣田家白板扉。身在乱蛙声里睡，心从化蝶梦中归。乡书十寄九不达，天北天南雁自飞。”意思是说：只有斗笠跟着我彷徨在歧路上，一个春季了竟还穿着过冬的衣服。细雨中艰难地行走在山坳的黄泥坡道上，天黑了才去敲农家的白木板门。夜里尽管蛙声不断，还是入梦化为蝴蝶回到了思念中的故乡。可叹写了那么多家信十寄九不达，天上的大雁不给传书而南北竟自飞。

这是多么令人惆怅的事情啊。

在初夏的后半夜醒来，听蛙鸣，没有一丝聒噪之感，反而倍觉亲切，有如天籁之音。实际上是不是天籁之音，在于我们以怎样的心态看待。蛙鸣，是失眠症患者的一剂良药，也是城市化进程的一道福音。蛙鸣，让城市更人文。城市的客厅，除了人成为主角，更多的植物动物也慢慢成为丰富生活的主角了，为城市增加温度和魅力。

秋风染

芝麻率领千军万马，一支就可以活成一个司令部队。这挺拔向上的壳，是它灵魂的巢穴，它们一律保持同一种姿态，向秋天告白，一根笔挺的脊梁就是秋天的旗帜，就等太阳一声令下后脱壳而出。芝麻破壳而出的刹那，仿佛一种涅槃，脱壳之后散发特有的芝麻香味。从春到秋，处在青春期的每一粒芝麻都躲在幽闭的壳中修炼，这是多么寂寞的事情啊。

芝麻一身金黄，它黄皮肤里的信仰，向善向美向上。秋风染尽每一种植物，给它们慢慢披上外衣。我在清晨散步，加入这素朴的队伍，成为它们的亲戚朋友。

秋风薄凉，为人世的每一次日出满含衷肠。这深情厚意，古老而又忠诚，抚慰大地上的风物一天天走向衰老。

枯藤搭起秋天的灵棚，秋风吹过，唱着最后的挽歌。田野里的花儿开成夜里守灵的眼睛，接受月光的加持和露水的投喂。鸟鸣传送稻禾的美德，寒蝉凄切，感恩大地的功德。芝麻微小，却抱着天空的一角。花生落地，最私密的心事有着最浓的皱褶。肉身归于泥土，美德内敛如稻谷。勤劳隐忍吃苦是大地给予花生的教诲。植物们安宁如学生，认真领会通俗的哲学。叶子的衣裳破了，等着风的针线缝补。花的眼睛涩了，期待神的抚慰。彩虹的脊梁终究要弯曲消失，走过风雨的脚步，天空会传送她功德。

寒蝉凄切声声，白露在黑夜里提炼纯金。绣球花褪去华袍，一派天真守住初心。它们丰腴，素面朝天后的从容，引领蝴蝶上升。一声虫鸣的浅吟低唱是一段征程，这微型的宇宙标本里藏着一个辽阔的疑问。人生如寄，我们终究和它们相同，寄居在这世界的表层，如一只禽虫，不存在孰轻孰重。

常常清晨在田野里散步，遇见这些植物，它们如同老朋友一样在原地等我。雨水是它们的沐浴露，洗涤身上的尘埃。露水晶莹，探测人间还有多少尘埃污垢藏在肉眼看不见的褶皱里。雨滴是神的手指，抚摸这些蔬菜如婴儿般细腻的皮肤。

现代化的收割机是统治者、检察官，对每亩地的收获最有发言权，它的车辙经过的地方，是判官案卷上圈阅的符号，它是否满意土地的答卷，全在于车辙的深浅。车轮的印痕是土地的表情。田野里一垄垄不多的荞麦头戴白帽，密密麻麻，簇拥在一起不分你我。现在，很多人已经不认识荞麦了，就如同世俗社会有人不待见命运坎坷的穷人。命运不垂青他们，他们天天吃苦，荞麦一样寂然地活着，活着就是最大的哲学。

田埂上、柴垛上、被拆迁后的残垣断壁间，扁豆花太野了，没心没肺，我行我素，自由地生长着。越是自由的植物活得越是蓬勃，大自然的节气是它们的老师和律令。扁豆花在秋风中犹如擦亮着的一簇簇火苗，天空也因此生动起来了，仿佛最贴切的一个词找到了它最适合的段落空间，成就了自身的意境。

柿子飘黄，刚采摘下来时黄绿相间，在家里放一段时间，它坚硬的心在时间之霜的调教下变得柔软通透。涩味褪去，火气不在，它咽下苦涩与时光和解，在黑暗里交换一勺甜，沁人心脾是对柿子最好的表扬。

掐一枝扁豆花回家，插在空酒瓶里，这是一瓶微缩的秋天。寒蝉抱紧瘦琵琶，在残弦上取暖。桑田里桑树的老枝爆出新嫩叶，尽管是深秋，但颇有“病树前头万木春”的春意，这多像一位母亲哪怕受尽磨难，也要为儿女迎来黎明的曙光。

谁也不比一朵野花孤独，蓝色的朝颜零落于田野，一朵花的天堂就是一些草木的星辰。一口大缸被遗弃在拆迁后荒芜的庭院前，颇有点艺术行为的感觉。空洞的缸睁大眼睛，对着星辰日月，它成了小禽虫的安乐窝。缸残缺，所有的风华老去，青苔在缸壁上安营扎寨步步为营，它蹲在原地如改朝换代后最忠厚的那个老臣，忠心于老帝王，可是帝王已经灰飞烟灭只剩残垣断壁。走到土地中间去，看朝露打湿一朵草叶，看草叶上的露珠在月光下歌唱，然后施展它们的隐身术。

秋风冶炼着桂花体内的黄金。仔细聆听，似乎每一朵桂花都在清唱，清香便是它们的声音。我作为路过的人想攀着香的线索，深入它的内心，看看一个俗世中人，是否有望扫除壁垒的那点灰尘。桂花很轻很轻，承担不了我的肉身，我只能减掉身上多余的部分，才能和它认亲。

常常觉得植物都是慈善家，具有人类所有的美德，却鲜有人类身上的龌龊。美好的事物易逝，一场秋雨斩落树上正在开放的桂花。幽香寸断，零落成泥，没错，芬芳是植物灵魂的香气。

到了十月中下旬，桂花从农村突围，包围了整个城市，终于坐稳了它的江山，开始接受秋风的朝拜和人们的礼赞。桂花在竞赛，朵朵胸有成竹，似乎都不愿意甘拜下风。看吧，它们在用香气在暴动，赢取十月革命的胜利。

兰花孤冷，桂花热闹，不同的脾性有不同的人生。十月是桂花的春节，沉寂了十个多月终于迎来了盛大的节日，要排场可以，那就把十月的舞台租下来，把每一朵开成自己的舞台，把每一寸花香当作一个路牌，在时光深处让人们照见草木初心。

这仿佛是节日的布施，喜鹊的鸣叫声是桂花的味道，空气被驯服变糯，就连我们的鼻子都不属于自己，它暂时叛逃了，皈依于桂花的浓烈。桂花慈悲，植物慈悲，不要用劣质香水来形容桂花，否则我们亵渎了这份情谊。这个时节，它把一年所有的储蓄都拿出来做善事，谁还好意思来评头论足一个慈善家的公平和道义。

我在跑步，风中桂香是桂花给我的掌声。这让我心中一直充满了感恩之情。秋风锤炼着它的胳膊，阳光锻打着它的芬芳，那一寸寸芬芳有了黄河长江的奔腾豪迈。抱紧这十月的阳光，犹如抱紧父亲般的胸膛。趟过黑夜的头颅不言寒露过后的悲凉。秋天给人安慰，父亲不说疲惫，我依偎着秋风送来的桂香，奔跑着丈量属于自己的孤独土壤。桂香莫不是勋章？清洗尘埃落尽的胸膛。野生的力量集结，我更爱和泥土田野在一起，和草木亲戚一起野蛮生长。孤倔是我的血性，守拙是我的背景。

桂花富有，是植物界家里有矿的金主。它不吝啬，就像我的朋友们。桂花广种福田，因而它身上自带光芒，那浓郁而悠然的花香就是它体内的光。十月，桂花广结善缘，鸟们栖居在桂花家里储蓄歌声，排练歌剧。桂花有一万种好，可惜我说不全，你能说出江河日月的万种恩泽吗？不能。那就谦逊地在桂花树下仰起脖子，深情凝望它，体会它带来的美好即可。

每天清晨在桂花香中跑步，感觉活着的每一天总是那么美好。桂花开的那段时间，鸟鸣如子弹，蘸着桂花香常常袭击着我。我沦陷于这芬芳的战争。桂花坐轿，王子一般在风中巡游。它没有贴安民告示，但在美面前，人人都会自动臣服。

这些美好的植物是城市的安神剂，让我们找到自己，花开花落给光阴刻度，刻度渐深，让我们明白自己真正需要的是什么。美不是沦陷，而是找到方向和契合你神魂的门牌。有位作家说，所有生活的美学都旨在对抗一个字：忙。忙，意味着心灵的死亡。慢下来，听听桂花如何敲钟，节气的钟声里是生命最本质的回声。

长江在南通撒了个娇

你梦魂牵绕的地方就是你的乡愁所在。

——题记

我想，上天对南通是存有私心的，何止是私心，简直是偏心。她仁慈地赐予南通长江、黄海、濠河、五山，这些与水联姻的名字，让一座城灵动伟岸起来。

长江，我们的母亲河，经过万里的奔波，她以母性的慈爱选择在南通入海，南通就这样很幸运地成为她最终的归宿。她又以顽童的脾性撒娇，南通就这样入怀，成为她掌上的一颗明珠。

究竟是怎样的缘分让她选择了南通？究竟是怎样的福分让南通人民拥有了长江的壮阔与濠河的婉约？究竟是怎样的天分让南通有江有海有河？除去地理意义上河流的规律，我想冥冥之中这一切都是注定的美好邂逅。

一座城拥有了长江，就有了江的壮阔与浩瀚；一座城拥有了大海，就有了海的宽广与胸怀；一座城，拥有了高山，就有了山的伟岸与俊秀，就有了君子的风范与眼界；一座城，拥有了河流穿城的旖旎，就有了仁者的内敛与深刻。

一

孔子《论语》雍也篇写到，“知者乐水，仁者乐山。知者动，仁者静。知者乐，仁者寿。”而南通，拥有了这一切，她既有智者的灵性，又有仁者的胸襟。南通像山一样平静稳定，宽容仁厚，于是有了“包容会通，敢为人先”的南通精神。因此在水的波光潋滟中她一直灵动曼妙，在山的俊秀伟岸中她一直挺拔悟道。

闲暇的时候，我常常在单位门前的濠河边散步，每一次散步，都是一次与水的精神呼应与融合。水是桥的情书，桥是水不倦的邮差，你我或匆匆从桥而过，或闲庭信步于野，濠河边每一眼都是深情的眷恋。四季纷繁，静水深流，凡河水流过的地方，都有鲜花芬芳的独唱，那些分布在濠河边大片的绿地和公园，就是南通城最清洁的心肺，那些草木终年不息的浅唱低吟都是对南通最深沉朴素的感恩。

这几年濠河的治理一年比一年好，虽没有“有凤来仪”的华贵，但遍及沿河的110多种鸟足以形成“百鸟朝凤”的壮观。这些鸟，是信使，它们繁衍生息在这一方水域，逐岸筑巢，临水而居，给南通投出的是最深情的一瞥，最信任的一票。水的表情，就是南通的表情，水的内在就是南通城的内在。水做的骨头，沙筑的家园，这是一个丰富的城市，包容着一千多年的云烟，一千年的光阴，在历史的长河中积淀着怎样的底蕴啊？被濠河揣在怀里的历史文化胜迹里藏着答案。

卡夫卡在《变形记》中写到“一天早晨，格里高尔萨姆沙从不安的睡梦中醒来，发现自己躺在床上变成了一只巨大的甲虫”。有时候，静静坐在濠河边，我会突发奇想，希望自己也有卡夫卡那样的梦，醒来后成为一只鸟，盘桓在濠河上空，饮风唱诗，碧波濯足，不为今天愁，也不为明天忧，成为它们的一部分，如屈原诗中所写的“朝饮木兰之坠露兮，夕餐秋菊之落英”。而这一切的诗意想象，濠河一直慷慨地供奉着，就等着我们在南通的天地里从容呼吁与深沉凝望。

“择一城终老，遇一人白首”，黄昏时走进寺街内的古巷，青石板如岁月的棱镜，焕发着光阴斑驳迷人的气息，是沉醉，也是回首。白墙黑瓦，静默如琴键，有风徐徐吹过，那些以自然状态排列有序的瓦松，如一个个卫士，忠实守护着一天天老去的家园，在风的脚步中唱响恋曲。巷子里坐在旧竹椅上晒太阳的老人，白发如银，眯着眼睛细数光阴，有老伴缓缓为她轻捋被风吹乱的银丝，两个人的地老天荒就这样不动声色地融入一粥一饭，一颦一笑中。膝下侧卧着的一只猫恬静安详，沉醉于这岁月静好现世安稳的人间烟火气息。巷子里拐角处的烧饼出炉了，芝麻飘香，如一粒粒熟稔的文字，纷纷从烧饼上掉下来，故乡的轮廓渐渐清晰起来。你想起母亲一天天苍老的脸庞，儿时的气息就这样如潮水漫过你的眼眶。臭豆腐在沸腾的油锅里出浴了，清白的豆腐华丽转身，以金色的面容，让你口水汹涌。是的，这些家常的饮食，在民间以强大的生命力扎根于日常，贯穿于你一生的味蕾记忆。千年天宁寺的风铃阵阵，或有木鱼声、诵经声徐徐传来，梵音袅袅，一炷香的光华里，你忘了前世今生，从此就想穿行于这静宁祥和的巷子里，站成一棵瓦松，无论寒来暑往，无论风霜雪雨，就这样守着属于你的地老天荒。

二

壶中乾坤大，酒尽日月长。

南通得天独厚的地理优势总是让人有一种油然而生的自豪感，这并不是高调自傲，而是一种天然的情怀。我想全国很多城市很少有城市像南通这样可以凭江临海，望岳览胜。

长江边依偎着五座海拔均不超过110米的山，分别是军山、剑山、狼山、马鞍山、黄泥山。这五座山，就像五姊妹，被母性的长江紧紧揣在臂弯，同饮一江水，同沐一轮月。大自然永远是我们的导师，南通的五山遵循着自然导师的教导，在季节里变幻着身姿，描绘着那份内在的锦绣与温婉。

我喜欢周末的时候，约上三五好友去爬军山、剑山、狼山。当然，我爬山并不是仅仅为了爬山，每次爬山，我都要从家里带上好的茶器、茶叶，或在军山半山腰的浮生茶设置茶席，或到剑山妙音法师设在山顶文殊院的阳光房茶室里喝茶。

每当登上山顶的时候，顿觉心胸无比宽阔。不远处大江浩渺，百舸争流，汽笛悠扬，晚霞逐浪，草木葱茏，百鸟剪云。不由得会想起辛弃疾的那句名诗“我见青山多妩媚，料青山见我应如是”。从高到低，从远到近，清风起松涛，梵音助茶香。我们坐着，看着斜阳如一枚邮戳，在南通这诗意的版图上，印成一首诗的题眉，茶一盏一盏清了，而尘世里的烦恼，因为这山这水这草木的滋养也一点一点变轻了，变远了。借着山水一色，海阔天空，蘸着南通点墨，心气澄明。

记得有个秋天的周末，我一个人去爬剑山，黄昏时分，山上鲜有人迹。这是再好不过的时辰，属于我一个人的时辰，山顶的文殊院里，树龄达两百多年的银杏树上，熟透的银杏果在风中静静落下，铺满一地，风吹响飞檐的风铃，发出清脆的声音，尽管没有下雨，但颇有王维诗中“雨中山果落，灯下草虫鸣”的禅意。这样的时刻，我的内心是宁静的，我只想坐在山顶的台阶上，看着不远处的狼山，看着夕阳一点一点捧出它的胭脂，给南通的江河山川捧出它的私藏。毫不虚伪地说，那天黄昏，我坐在山顶上，眼泪出来了，我在想，作为一个从青海高原来的外乡人，自己何德何能在这里安居乐业，我又何德何能一个人私享这天地静谧？是的，这一切，是因为南通山水仁慈的胸怀，是我所处的南通包容的胸襟给予我的。

祈福狼山，且不管是否个个事事如愿，但总能让人在佛门胜迹的来回中坦荡从容；品幽剑山，虽不能人人成为高考状元榜眼，但文殊院里的风铃烛照总能净化我们纷繁的内心；寻梅军山，虽不是季季暗香浮动月黄昏，但那一脉脉幽香总是让你魂牵梦萦。

登高望远让人广阔，闭目冥思让人修远。山水汇一色的南通就是这样的一壶酒、一盏茶，每次品咂都是历久弥新的回甘与沉醉。

三

古往今来，历史上那些灿若星辰的名字在南通的长河中留下他们的诗文足迹。范仲淹、王安石、米芾、文天祥、冒辟疆、梅兰芳、李方膺、张謇、沈寿、陈实功等大家在南通留下许多不朽诗篇和逸闻逸事。举不胜举的名家，数不胜数的巨匠，为南通的灵魂增添着精神的分量，让一座城成为一种精神的海拔。于是，我们对南通有了仰望的理由，有了爱恋的底气。

很多外地文化界的名流朋友们到南通来，我都会把他们带到狼山、军山、剑山、博物苑等馆群参观游览。央视编导、著名作家王开岭来过，著名作家雪小禅、张丽钧来过。每一次告别的时候，他们依依不舍，从不同心声表达着共同的声音，他们说："国福，这真是一个来了不想走，走了还想来的城市。"

尤记得我的朋友王开岭兄说的一段话，"南通是独特的，这是一个适合居住的地方，放眼全国，它可以称得上是一片小小的乐土。这和南通本身的独特优势是分不开的，它沿江濒海，直面苏南，处南北交叉之地，有着得天独厚的优势。南通是清末状元、实业家教育家张謇现代理想出发的一个地方。可以说，如果我们延续当年的张謇之路，那么现在的中国就是几百个南通组成的国家，那么今天中国的繁荣程度就更有所超越。”他还说，“张謇是穷人的榜样，让穷人学会怎么致富；张謇是富人的榜样，让富人学会怎么花钱；是文人的榜样，让文人知道应该关注什么。”

“得好友来如对月，觅知音交似临风。”高人是知音，山水是知音，草木是知音，我的生活圈里是知音，这一切的一切，都是15年来我定居南通的福分。

南通的气质是不可复制的，她活出了自我的风骨，自我的风韵。南通，她熏陶我的是一种情怀，亲近自然，喜爱草木的情怀；素朴纯真，大气厚道的情怀。

辽阔如山，浩瀚如江，内敛如河，情怀似海，这就是南通。南通，请接收一个定居于此的外乡人的眷恋。南通，亲爱的南通，你不大，长江大海情愿绕到你的膝下；你不小，支撑着我们共同的宇宙。

长江通灵画翠屏
——南通五山国家森林公园散记

“天之生人也，与草木无异，若遗留一二有用事业，与草木同生，即不与草木同腐。”

——张謇

草木有本心，储藏着人类最美的童话。众多的草木在一起，就是人类的初心：敬畏天地、道法自然、和谐共生、唇齿相依。一个城市有了森林，就有了一个打开诗意空间的客厅，就有了一部不断生长的活辞典。而建成不久，正在成长发育的南通市五山国家森林公园就是一部由狼山中心、军山、滨江区、植物园、啬园、狼山古镇、生态配套七个片区分成七辑组成的活辞典。

绿皮肤在长江边蔓延开来，狼山、军山、剑山、马鞍山、黄泥山像长江养育的五姊妹，以江的豪迈、山的高阔、水的智慧、树的美德让南通步履从容、内在悠然、伟岸绰约。春天，一种新生的力量催发森林向天地抒情。植物园里，曲径通幽处一盆盆造型各异、高古灵动的盆景将一树袖珍的风景生长成最中国的水墨画。亿万朵花踮起脚捧出它们的芬芳，将一张笑脸捧给南来北往的清风流云。公园门口的奇石如高人，幽卧于萋萋芳草间，皱纹如乐谱，有点阅尽风霜的稳健与深刻，以一种哲学家的表情冷静筹谋狼山国家森林公园的未来。

三四月的时候数以亿计的花天天在自己的辞典里过节。

小径分叉的花园里，桃花、海棠、杏花、梨花、萱草、梅花、鸢尾花，还有不计其数的花站在各自的仪仗队阵容里打开各自的化妆盒，在春风里一一领衔出场。春风风流，成全了这些草木的舞台，它们涉世不深，个个光鲜靓丽，似六一儿童节化过妆的小学生，豆蔻般的美好，让生命因为这阳光春风的滋养而蓬勃生辉。

移步换景，绿树掩隐下一股股清流将我的目光引入大小不一的湖泊。湖泊是森林眉宇间的美人痣。这些湖泊、河流、森林，根据不同的规划、线路静卧在不同的区域，如江海南通的绿色肺叶，滋养城市精神的洁净程度，呵护并提升我们对美的免疫力。水是世界上最伟大的使者，是探索文明的使者，是供养希望与诗意的使者，是接通远方与未来的使者，是缔造幸福与美学的使者。静水深流，因为水流动，森林里的生灵和植物们在美的生态系统供给中保持一种精神同频的共鸣。

静水深流，湖泊是花的舞台，草的舞台，鸟的舞台，鱼的舞台，桥的舞台，云彩的舞台，树木的舞台，任由大自然这个水平超凡的导演在森林公园编排四季歌谣和舞剧。

时光飞逝，湖泊积蓄着四季光影，让美持续发酵，再也没有比湖更迷人的酒窖了，它让每一寸光阴都有美酒和花朵的芬芳。

“汲来江水烹新茗，买尽青山当画屏。”沿着修整一新的滨江公园江堤漫步，看江上百舸争流，波光粼粼，剪一帧江边的芦苇定格入境，颇有“蒹葭苍苍，白露为霜。所谓伊人，在水一方”的诗情别意。江风拂面、风轻云淡，放慢脚步在古老的长江边让你的心灵停顿，与长江母亲促膝倾心。微风中，江边狼山上广教寺里风铃声声，梵音缭绕，逶迤着穿过森林缥缈悠远，感受“长啸一声，山鸣谷应；举头四顾，海阔天空”的幽深与辽阔。在“晨钟暮鼓惊醒世间名利客，经声佛号唤起苦海迷路人”的教诲里审视在世俗生活中浸淫得太久的心。如果是在盛夏的夜晚，三五好友相约在滨江公园，看夕阳驮来一匹匹晚霞，看晚霞梦幻般燃烧，夕阳熔金，江鸟齐飞，一幕幕歌剧由此拉开序幕。到了晚上，颇有“野旷天低树，江清月近人”的清逸超然。置身于这辽阔天地，大自然潜移默化的教诲会让心胸不由得开阔起来。山水神韵江海风，一个景点一种神韵，一个命名一份光彩，一个代表就是一种高度。在狼山脚下的园博园内感受“梅林花雨”“映山泽镜”“泉月赏心”“闻香寻芳”“枫桥夜泊”“三月烟花”“西溪探源”“林霭秋雨”“桑田村庐”“松石水滩”“西山径幽”“泽地仙滩”“翠园绿坡”的曼妙与诗情。

五山终年被森林覆盖，森林一生都在给予，她泽被苍生，她是慈善家，具有人类的全部美德。从这个意义上讲，森林在自然的给予中实践着佛教精神上的本质，而南通狼山国家森林公园就是江海儿女的慈善作品。尽管森林公园内部分区域建设时间只有两三年，看似时间有些短，但它的底蕴实际上早在一百年前南通先贤清末状元张謇的生态城市建设思想中发源。这是文明的时空接力，也是文化的薪火相传。

森林是设计师，她以草木为蓝本，在江海之滨，传承“中国近代第一城”理念与实践。她是南通最大的美术家，她为四季调色，让不同板块的景点在不同的季节披上不同气韵的肤色；她是音乐家，在江边领衔江风、山歌、松涛共同协奏小桥流水的南方小夜曲，高山流水的山水协奏曲，万千植物同频共振的交响曲。她是美学家，参透天地精神，以线条、湖泊、桥梁、小径分割布局不同特色的区域，创造出它们最美的一面，在移步换景的过程中感慨它的旖旎，接受美的洗礼和加持，让人在森林的怀抱里忘记尘世的疲惫和忧伤。

这几年，我在阅读方向偏重于生活美学类的书籍，案头有一套中国人的生活美学读本，一套四册，分别为《小窗幽记》《闲情偶寄》《浮生六记》《随园食单》。我经常反复阅读这些书籍，尤喜《小窗幽记》，用其中的佳句来定位狼山国家森林公园一点也不为过，比如："竹篱茅舍，石屋花轩，松柏群吟，藤萝翳景；流水绕户，飞泉挂檐；烟霞欲栖，林壑将暝。中处野叟山翁四五，予以闲身，作此中主人。坐沉红烛，看遍青山，消我情肠，任他冷眼。"比如用"山月江烟，铁笛数声，便成清赏；天风海涛，扁舟一叶，大是奇观"来概括滨江风光带；用"几声好鸟斜阳外，一簇春风小院中"来概括狼山、后山中张謇先生所建的"林溪精舍"；用"一轩明月，花影参差，席地便宜小酌；十里青山，鸟声断续，寻春几度长吟"来描绘剑山的清幽；用"会心处，自有濠濮间想，然可亲人鱼鸟；偃卧时，便是羲皇上人，何必秋月凉风"来定格植物园的韵味都是恰当不过的。

资料载，南通五山森林公园规划面积1080公顷，其中森林面积657.27公顷。森林公园内共有维管束植物135科384属558种，主要以黑松黄连木为代表。数字如音符，让冷冰冰的数学表达因为森林里的花草树木有了诗一样的音节。

五山森林公园就是南通的美学读本，每一棵树就是一行文字，每一朵花都是一个词组，每一湾水波都是一种过渡，每一座桥都是一种转折，每一座亭子都是一个词牌，每一座山都是风雅颂。

山水写春秋，文化塑灵魂。山为一个城市的风骨，水乃一个地方的命脉，森林是人类的共同的胞衣。"文化兴则国运兴，文化强则民族强。"一个国家，一个地区，一个城市同样如此。古往今来那些名字有灿若星辰的诗人、大家、名人在狼山留下传奇和诗文，见证着狼山深厚的人文底蕴。北宋书法大家米芾亲笔题写的"江海第一山"匾额见证着狼山的荣耀；唐宋八大家王安石登狼山写下的诗句"遨游半是江湖里，始觉今朝眼界开"诠释着长江的磅礴；诗人文天祥的诗句

“狼山青几点，极目是天涯”描绘着狼山的开阔。还有郑板桥、张謇、梅兰芳、赵朴初、圣严法师等名人在狼山文化往来和唱留下的背影和篇章为狼山的文化传承在新时代款款而歌，荣耀发声。

“我和谁都不争，和谁争我都不屑；我爱大自然，其次是艺术；我双手烤着生命之火取暖；火萎了，我也准备走了”。这是大学者杨绛翻译英国诗人瓦特·兰德的一段诗，从森林到人，从张謇到现在的城市经营者，贤人告诉我们“夫唯不争，故天下莫能与之争”。长江通灵画翠屏，水善利万物而不争，草木森林与世无争，森林淡泊，植物洁净，它们给我们的教诲就是不争、热爱、虔敬、谦卑。不争，是境界；不争，是情怀；不争，是底气。

长江通灵，加持着南通，以森林写下点睛之笔。金山银山绿水青山，好生态就是最大的福祉，好生态赢得最美的未来。山水神会南通，绿色护佑南通。有山的地方有仁者，有水的地方有智者，有森林的地方有歌者。长江澎湃，唱着古老的歌谣，狼山悠远，和着江水的节拍。正在发育的森林，以国画工笔的手法精细描摹着它的风华；日益青春的森林，以国画的写意手法挥洒着它的芳华。森林不老，老去的只是它的枝干，而它给养的底蕴泽被这一个城市的子子孙孙，在这绿色的福祉中成为一种幸福和荣耀的见证。试想，再过五年，十年，二十年，三十年，五十年，森林如青年进入他生命的黄金时期，他的骨骼可顶天立地，他的胸围通江达海，他的肺活量可吞吐日月星辰。我们的子女后代，必将因为这一方森林而自信自豪。我想他们的底气和底蕴，必将因这些山水草木的教诲而格外坚定丰沛。

湟水河

一个地方长久地被一条河流滋养，这是神的恩赐。我想说，河流就是勋章，专门用来褒扬奖励途经流域的人们和一条河的联姻。

如果说湟水河是我们青海的《诗经》，那么故乡雨润镇刘家村就是这《诗经》的一部分。今年春节回家探亲，让我喜悦的是湟水河的水变得越来越好了，如一团翠绿的丝带缓缓飘扬。河两边枯黄的芦苇如一幅油画，落尽叶子如竖琴的垂柳，稳健端正如楷体的白杨树，盐碱地带寂寞隐忍如苦行僧的红柳，握着利刃等待时机出阵的冰草，离河岸不远的田埂上提着灯笼寻找来路的枸杞，在夜晚的星空下举着高高蜡烛的菖蒲，间或一两声长啸低吟的野鸡、喜鹊、麻雀、斑鸠以及在河水里来来回回巡航探寻线路的野鸭子，构成了湟水河这部《诗经》不同而又生动的标点符号。

我常常去湟水河畔散步，这并不是物理意义上的一种运动，于我而言这更是一种精神仪式，美学仪式。是我和湟水河特有的呼吸，也是我对着日夜奔流不息的湟水的一种敬意。站在湟水河岸边不由得想起孔子那沉重而又催人警醒的叹息：逝者如斯夫！

河流总是听从使命与召唤。它不知疲倦，如母亲，带有一种神性。源头与河尾的跌宕起伏，奔波与舒缓，不屈于命运，也不随遇而安。在长久的奔流中接通了天地之间最美的那份姻缘。河流是时光的留声机，它留住星辰日月，四季风霜。把我们对生活的希冀与期盼带往远方。

河流总是有母性的气息。她对身边的土地生灵以及赖以此生存的人们总是平等给予。万物有灵且美，不分高低贵贱。她翻起的浪花是发自内心的微笑，对着星辰日月吟唱。岸边的树木在风中鼓掌，算是对着伟大母性的感恩与报答。

湟水河又名西宁河，是流经西宁城北的黄河重要支流。位于中国青海省东部，发源于海晏县包呼图山，东南流经西宁市，到甘肃省兰州市西面的达家川入黄河。长349千米，流域面积3200多平方千米，年径流量46.3亿立方米，为黄河第三大支流。由于流域有不同的岩性与构造区，因而发育成峡谷和盆地形态。峡谷有巴燕峡、扎马隆峡、小峡和老鸦峡等。峡谷一般长5千米~6千米，其中老鸦峡最长，达17千米，两壁陡峭，谷窄而深。盆地有西宁盆地、大通盆地、乐都盆地和民和盆地，其中以西宁盆地为最大。在湟水的哺育下，河谷地带至少在宋代以前是到处草木丛生，绿树成荫。

那几天清晨我一直沿着湟水河散步。在南方的城市我几乎没有见过日出，当然，能在南方的城市看到日出也是一种极其奢侈的梦想。当太阳如一枚鲜红的橘子从宇宙的树上剥离出来时，我立即感受到一种幸福的战栗，不由得放慢脚步，凝视那一点一点跃起的“橘子”。它从朦胧变得清晰，退去晨曦中的薄雾，然后迈着少年般的步伐步入稳健的中年，再向壮年暮年过度。

我在湟水河边看日出，不由得想起朋友王开岭老师的散文《精神明亮的人》，他写道：迎接晨曦，不仅仅是感官愉悦，更是精神体验；不仅仅是人对自然的欣赏，更是大自然以其神奇力量作用于生命的一轮撞击。它意味着一场相遇，让我们有机会和生命完成一次对视，有机会认真地打量自己，获得对个体更细腻、清新的感受。它意味着一次洗礼，一种被照耀和沐浴的仪式，赋予生命以新的索引，新的知觉，新的闪念、启示与发现……

问候天空：精神的仰望

一个朋友把QQ签名改为“问候天空”。我被这久违的诗意情怀感动。看着这签名，顿觉自己眼前有如一大朵一大朵的百合花，在天空中淡然地绽放。不免自问：身在尘世奔波，我有多久没有问候天空了？

有一天夜里，因为家里某个人生大事得以转折的喜讯，后半夜三点多，我失眠了。起身，净手，烹茶。想看书，怕看不进去，于是写字。我一改往日在电脑上直接写作的习惯，改用笔在纸上书写。

笔尖在纸上游走，像一个部落的首领，为了谋得更多的福祉，带着这个部落的子民，不断扩展自己的疆域。一个个汉字毕恭毕敬，追随着首领向远方行军，不计较如墨的夜有多浓，未来的路有多曲折遥远，只要上路了，幸福不再是缥缈的云烟。笔尖贴着纸面，发出沙沙的声音，我想起了马蹄踏在故乡雪野的声音，想起了大风抚摸沙漠，沙粒翻滚着颂吟岁月的声音，想起了长寿的老人捂着拐杖每天清晨走进田园，接纳地气的声音，想起了种子落进地里，抱着泥土扎根的声音。这样想来，手中的笔何尝不是我的马蹄，我问候风霜伸出的手掌，我立足尘世缔造幸福的根须，我的灵魂在夜晚孤单前行的手杖？

我按亮的台灯，何尝不是一条河流的源头？如水的灯光，像山涧的瀑布，泻在纸上，浸润纸上不停变化的线条和笔画。这些笔画何尝不是一株株雨水丰沛的草木，围拢着我，和我一起问候这个万籁俱静的夜空。

是的，是该问候天空了。在尘世间为了生存和理想奔走的我，很久没有这样的情怀。属于我的天空已经荒芜了很久。当一个人的灵魂不满于尘世的纷繁、骚动、狂躁、计较而悄然出走时，心灵的天空真的已经荒芜，精神的密室早已生锈腐烂了。

这一刻，我是宁静的、幸福的、踏实的、安然的。我握紧笔杆，如同旗手握紧信仰的旗杆。我知道多日来出入酒肆闹市的另一个我回归了自己。我没有远离自己的信仰和热爱，信仰之旗因为宁静和思考而缓缓升起，慢慢抵达天空。

我泡了一壶铁观音。紫砂壶在灯光下发出的光泽，如同一个智者在夜晚给你投来深沉的一瞥。这源自土地的器皿，以谦虚的胸怀，把自然的草木的精华悉数纳入腹中，然后以另一种形式给你草木最本质的醇香。这壶、这茶，犹如一个熟稔的知性女子灵魂深处由内而外不经意间散发出的那份高雅，格外令人心醉。

天与地之间总有那么一种力量接通着我们与斯人的某种神秘联系。这银质的手镯以物的形态，让我对生命始终保持一种庄重、美感和感恩。

前几天，一个哥们给我发来这样的一个手机短信：当你珍惜自己的过去，满意自己的现在，乐观自己的未来时，你就站在了生活的最高处；当你明了成功不会造就你，失败不会击垮你，平淡不会湮没你时，你就站在了生活的最高处；当你修炼到了足以克服一时的不快，看重自身的责任而不是权力，关切他人的不幸而专注于拯救和安慰时，你就站在了精神的最高处；当你能以无憾之心向后看，以希望之心向前看，以宽厚之心向下看，又以坦然之心向上看时，你就站在了灵魂的最高处。

是的，怀着一颗澄明达观之心，我们就站在了灵魂的最高处。想必，创作这短信的人，必有一颗问候天空的纯真之心、结友大地的赤子之心、拜师山川的谦逊之心、关爱凡间的仁慈之心吧？

不论怎样的日子，阴也罢，晴也罢，好也罢，坏也罢，保持问候天空的诗意情怀，不负我心的庄重信仰，从容入世、清淡出尘的达观，这样的日子每天都是丰富、悠远而幸福的。

来，问候天空，问候天空！